頑皮故事集

注音增訂新版

侯文詠 著

這本書
獻給親愛的
爸爸和媽媽……

跳躍的頑皮細胞
——侯文詠醫師妙人妙文

吳涵碧

在臺南縣白河國中當老師的琹涵，作品散見各大報。她是中華日報中華兒童的作者兼忠實讀者，尤其鍾愛侯文詠《頑皮故事集》，每回刊出以後，琹涵不但自己邊看邊笑，甚且還一字不漏的背下來，到任課的班級逐一表演，也帶動了班上快樂的氣氛。

另有在輔仁大學任教的讀者來信表示，凡有侯文詠的故事刊出，必在辦公室傳觀，相視而嘻，鬆解工作壓力。

若是遇到小讀者，做一個小小的民意調查，對侯文詠的頑皮搗蛋，都是

「很好，我喜歡！」

身爲編輯，面對熱烈的回響，十分開心，卻並不意外，因爲每次發他的稿，總是忍俊不住，暗自偷笑。而美工小朱貼版時，假如笑得前仰後合，露出可愛的酒窩，最後把臉扒在桌上喘氣，準是被侯文詠逗得發噱。

第一次注意到侯文詠的作品，是刊登在華副的得獎小說〈考試，眞好〉，描述一位在醫學院就讀的學生林格，除了會讀書，「看完一本就擱到旁邊去，旁邊的書再擠開更旁邊的書」，其他一切都不會。

臨畢業以前，林格的父親幫他找到「家裏有三家食品工廠」的胖妞等著他去相親，這下子林格慌了手脚，緊張地開始和曉梅約會，「他不停地看書，如何約會，吸引異性，並且畫滿重點。」

林格臨陣磨槍，鬧出了許多令人噴飯的笑話，他的室友們幫忙做軍師，提供曉梅口中名詞的解釋，「有次我們找了好久，都不知道段樹文到底是那一朝的什麼家。後來才在公車上聽來是最近的槍擊要犯。」

林格努力了半天，全軍覆沒，最後他父親同意只要考上公費留考，可以躲開相親，林格又快樂起來了，「又回到有考試的生活，覺得真充實。」

侯文詠信筆寫來，幽默詼諧，譏諷中不失同情，他藉曉梅的口形容醫學院的學生「很可怕，笨笨的，只會讀書。」想來就讀於臺北醫學院擅寫小說的侯文詠絕非如此。

後來，在侯文詠第一本小說《七年之愛》末尾，發現他老弟侯文琪形容老哥「大學時期參加山地服務團、心理輔導、編校刊、詩歌朗誦，當電影委員會主席，對事情有一種狂熱，很可怕。」

如眾所週知，醫學院課業繁重，侯文詠課業拔尖，猶有餘裕發展十八般武藝，必是聰明絕頂的妙人，若是能請他來中華兒童寫稿多好。

主意已定，我開始苦苦追尋，長途電話一通通追到澎湖，找到正在服預官役的侯醫官，他開朗地咯咯笑道，每天守候機場，等著飛機墜下，衝過去救人，這般驚險的機會不多，他既然答應寫稿，好戲於焉上場。

侯文詠《頑皮故事集》是以一個小學男生爲主角，描述他周遭的生活趣事，再配上刻在中原大學美術設計系就讀的竇仁安的絕妙插圖，相得益彰，妙不可言，其中有不少侯文詠的影子，也有他幸福安康「頑皮家族」的縮影。他促狹地眨眨眼：「一個一個被我出賣，誰也逃不掉的，哈……」

一般作者想到爲兒童寫故事，總是道貌岸然，開始訓大道理。侯文詠不然，他豈只童心未泯，根本屬於小孩那一國的，積極爲小朋友爭取小朋友人權，兼而教育成人，譬如別用拆爛汙的玩具贈獎愚弄兒童。

偶爾，侯文詠也「侯老師」一番，他的方式與眾不同，讓人深刻難忘。譬如〈塗牆記〉中的莊聰明，活力旺盛，古靈精怪，老師「罰他跑五圈操場，他高高興興一下子就跑完了，還加跑兩圈表示免費贈送」。他把「國語課本上面的偉人肖像什麼華盛頓、牛頓塗得黑黑的鬍鬚，和一圈一圈的貓熊眼眶」，惹得老師哭笑不得。

有一次，莊聰明想出一個惡作劇，在牆壁上寫字罵老師。老師火了，要核對班上同學的筆跡，莊聰明「很得意地對我擠眉弄眼，表示那幾個字是用左手寫的。」

結果，斜斜歪歪的字雖然與牆上筆跡不同。「『揚』老師『狠』壞」，五個字中錯了兩個，卻洩了底，可憐的「裝」聰明。

侯文詠巧妙地告訴大家，白字連篇，危險！

大多數的時候，侯文詠總是站在「國家未來的主人翁」立場發言。譬如目前流行才藝班，家長歡喜獻寶。他在〈最後一片西瓜〉中爲小孩說出心聲：「我相信再頑皮的小孩，只要聽到到親戚家作客這種壞差事，一定立刻安靜下來。」

「妹妹被綁上那朵據說很漂亮的髮結，翹出兩瓣高高的蝴蝶結在腦袋瓜上面，整個人看起來像隻笨兔子，又像背著天線的電視機。」

天才兒童「手拉裙子，向大家敬禮，走向鋼琴，屢屢回頭，望著西瓜，眼巴巴希望它不要受別人蹂躪。」說時遲，那時快，當最後一片西瓜淪陷時，努力「裝出很快樂、很乖巧」的妹妹，忍不住開始「哇哇大哭，哽咽地嚷著西瓜。」

接著，妹妹一連喝了三杯木瓜牛奶。嬸嬸慈祥地問：「還要再來一杯嗎？」

「不好意思。」妹妹低頭回答。

這篇故事的結尾是「媽媽生氣的臉，脹得比西瓜還要紅。」侯文詠其實是代表小朋友對媽媽高唱「其實，你不懂我的心。」

侯文詠筆下的每個人物都相當可愛，具有頑童心態，不論是「穿著不太雅觀的內衣、睡褲，翹著二郎腿看報紙」的爸爸，「出門在外打電話回家「嘮叨這個，嘮叨那個，還要請隔壁王媽媽過來檢查大家有沒有洗澡」的媽媽；或是「從髒亂的房間走出來，竟然能穿著潔白美麗連身長裙，出汙泥而不染」的姊姊，還是「每次看牙醫，當護士叫到名字，她便開始尖叫，影響學校名譽」的妹妹，甚且那個最討厭的女生吳美麗「每次你考試不及格，她就會有意無意到家裏來，問爸爸媽媽有沒有收到成績單」，都相當生動，活靈活現，這些妙人妙事，其實都在你我周圍，經過侯文詠的生花妙筆，讓人開懷大笑。

侯文詠退役以後，我見到了他，與想像中一模一樣，一臉聰明相，尤其是那對大眼睛，閃著慧黠的光芒，依稀可見，小時候一定很皮。他面有得色介紹身旁的俏佳人——他的新婚妻子雅麗，人如其名，文雅秀麗，無怪他要嘲笑只會念死書，不考試活不下去的同學。

雅麗開了間牙醫診所，〈看牙醫〉那篇精采故事，就是牙醫阿姨的親身經驗，她淺淺笑道「我還沒有遇到拔不下來的牙。」嚇得我趕緊閉嘴，深怕她像故事中一般熱心，對我的牙有興趣。

侯文詠曾說，因爲生長在幸福快樂的家庭裏，讓他憑空擁有許多美好，相信有雅麗之後，更能創造許多家庭喜劇。

侯文詠說：「從小我計畫好了我的醫師大夢，白天沒事，便提起釣竿去溪澗釣魚，聽松濤輕風，等到山谷傳來幽幽鐘聲，知道病患求診，回家從事活人濟世的大業。」

目前侯醫師在臺大醫院擔任麻醉科醫師，他是負責任的性情中人，目睹生老病死的掙扎哀痛之餘，警悟到生命不過是瞬息間事，因此，儘管事業繁忙，他還是願意寫點溫馨快樂的故事，自娛娛人，博君一粲。侯醫師，依然跳躍著頑皮的細胞。

目錄

看牙醫

我很喜歡牙醫阿姨，因爲每次我到診所去，她總是有說有笑，還請我喝果汁、飲料，看漫畫書，享受最好的待遇。

病人並不是我，是我的妹妹。根據阿姨的說法，妹妹就是因爲從小沒有養成良好的刷牙習慣，又貪吃糖果，才會造成滿嘴的蛀牙。

妹妹的蛀牙看起來很可怕，黑黑髒髒蛀得牙齒一個洞，一個洞。每次她大哭起來，那個樣子，簡直是一個老巫婆。

只要一聽說要去看牙醫阿姨，妹妹馬上開始大哭。到了診所哭得更厲害了。有時候牙醫阿姨約我們放學後去看病，爸爸媽媽還沒有下班，就由我負責帶妹妹過去。我們戴著學校的帽子和書包坐在診所的沙發上。每當護士叫妹妹的名字她便開始尖叫，使我覺得不好意思，因爲那樣會影響學校的榮譽。有時候她尖叫得太過厲害，連我都不願意承認那是我的妹妹在叫。

牙醫阿姨總是很慈祥，和氣地請妹妹到診療椅上去坐，通常她會問：

「這次月考，成績考得好不好？」

我馬上高興地點頭，大聲地說：

「妹妹數學考一百分，我考五十八分。」

阿姨皺皺眉頭，還是滿臉笑意，告訴我：

「下次要好好努力喔，知不知道？」

我伸伸舌頭，愉快地點點頭。阿姨很滿意地微笑，讓護士小姐請我喝果汁。

可是妹妹卻縮成一團，坐在椅子上，緊緊閤閉著嘴巴，一直搖頭，說不出一句話。這時候我們都知道麻煩來了，因爲她不張開嘴巴，誰也沒辦法幫她看牙齒。

阿姨於是輕聲細語的說：

「啊，——把嘴巴張開。」

妹妹還是搖頭，楞楞地看她。

我只好開始表演蛀蟲跌倒在地上的動作，並且舉起一隻脚在空中抽筋，

我說：「你看，讓阿姨把蛀蟲殺死，像這樣——」

一看到妹妹有點笑容，張開嘴巴，阿姨和護士馬上輪流掰住她的下巴。

妹妹又叫又鬧，我也幫忙按住兩隻脚，安慰她：「乖乖，不會痛，阿姨馬上就好了。」

椅子上有許多奇怪的設備，阿姨先用噴管在妹妹嘴巴噴許多霧氣，又用

鑽子在牙齒鑽呀鑽地。還用鑽子夾著棉花，沾各種顏色不同的藥水，在蛀掉的牙齒上擦來擦去。

有時候，妹妹眞的很不乖，阿姨便拿起特大號的針筒，威脅她：

「再哭，阿姨要打針，打這麼大的針喔——」

妹妹一看，嚇著了，暫時停止哭聲，可是過了一會兒，又大吵大叫起來。

每次牙齒看完，阿姨筋疲力竭，妹妹也哭得滿臉通紅，眼睛水泡泡了。

阿姨一邊擦汗，一邊告訴妹妹：

「以後別吃那麼多糖果了，知道嗎？」

我在旁邊跟著附和：

「對呀，還要記得早晚刷牙。」

在我看來，妹妹不但貪吃，並且還是一個怕痛的膽小鬼。回家的路上，我幸災樂禍地笑她：

「活該，誰叫妳每次吃糖都不刷牙。」

妹妹一直往前走，一句話都不說。回到家裏，我得意地把妹妹怎麼在診所大吵大鬧，我又怎麼幫忙牙醫阿姨制伏妹妹從頭演練一次。爸爸媽媽稱讚我是一個懂得照顧妹妹的好哥哥。

因此帶妹妹上診所，我都竭盡一切幫阿姨哄妹妹坐到診療椅上去。有一次我甚至還親自坐上椅子，示範給她看：

「就這麼簡單，妳看，哥哥一點也不怕。」

阿姨也附和著說：

「對呀，像哥哥這樣，多麼勇敢啊！」

說完我還特別張大了嘴巴，讓阿姨有模有樣地瞄了一回。等做完這全部動作，我閉上嘴巴，準備跳下椅子，阿姨忽然皺著眉頭按住我，她說：

「你最近會不會覺得吃冷、熱的東西，牙齒會痛？」

我心想是有這種情形，便點點頭。阿姨自顧起身，去撥電話，聯絡媽媽，並且自言自語地說：

「怎麼連哥哥也有蛀牙？」

等我發現情況不對勁，轉身要溜，已經來不及了。阿姨和護士按住我，溫柔地說：「媽媽說先看哥哥的蛀牙。坐好，不是說不怕的嗎？」

我急得快哭出來，大叫：

「只是示範而已啊——」

那時候阿姨長長的鑷子已經伸進我的嘴巴裏面去了。我大叫：「不要，不要——」

我用力掙扎，到最後來看牙齒的大哥哥都幫忙抓住我的手脚，才能把我固定在椅子上。細細的探針伸到牙齒去時，我更是不顧一切地哭起來。

只見妹妹笑嘻嘻地站在旁邊，拉著我的衣服說：

「哥哥乖，不要怕，不會痛，很快就好——」

那是妹妹看牙醫唯一不哭的一次。從頭到尾她都笑得十分開心。可是我沒有心情管她，因爲我早痛得沒有辦法張開嘴巴，哭得沒有心情和她爭吵了。

最近我逼自己一定要少吃糖，每天至少刷牙兩次。我已經完全失去哥哥的尊嚴，淪落成和妹妹一樣貪吃、懶惰又愛哭的膽小鬼。

我只要一想到慈祥和藹的牙醫阿姨，就會全身發抖。現在媽媽一提起要不要去看牙醫，我們馬上手牽手緊張地站在一起，異口同聲地回答：

「不要——」說完趕忙緊緊地閉上嘴巴，那怕是天塌下來，都不願意再張開了。

拾鞋記

每次考完試，老師發考卷，總從最高分發起。我們在講臺下馬上一陣掌聲附和。這些不外是丁心文，一百分。張美美九十八分。王麗芬，九十八分……

起先，老師還微笑地把考卷發給每一個人。漸漸分數比八十分還低，老師開始不耐煩了，考卷愈發愈快，微翹的嘴角慢慢收斂成直線。什麼王惠賜，七十六分。林明琪，七十四分……分數愈低，老師愈生氣。漸漸變成用丟的，被喊到名字的人趕緊跑出去撿自己的考卷。到了六十分以下，不得了了，考卷一張一張在空中翻飛，每次總是那幾個人，在講臺前面一陣亂撲，抓蝴蝶似地。

等發到最後一張考卷，老師停下來了。他睜亮眼睛，裝腔作勢地說：「哎喲，考這麼低，我眞希望我沒看錯——」

全班只剩下我一個人沒領到考卷，我只好硬著頭皮站了起來。低著頭，假裝一副很可憐的模樣。

老師一邊搖頭，嘴裏發出滋滋的聲音，像電視上益智節目主持人似地問我：

「猜猜你自己考幾分？」

通常我從五十分開始往下猜。每猜一個分數，老師便翹起眉毛，發出質問的聲音，聲音愈來愈大：

「有這麼高嗎，哼？——」

他習慣把「哼」的尾音拖得很長，憑聲音大小、強弱，以及尾音的長短，我調整分數，好像猜謎遊戲一樣。討價還價過程中，同學不時爆出笑聲。老師總是裝出很嚴肅、很生氣的面孔，但偶爾他也會忍不住笑出來。等分數接近於零，我也幾乎猜中了自己的成績，老師才把考卷丟下來。我如獲至寶把考卷撿回來，發現整張考卷到處是紅色的叉叉，慘不忍睹。

「像被轟炸機轟過一樣。你的考卷這麼漂亮，你有什麼感想？」老師問。

「下次老師只要把寫對的答案打勾就好，這樣考卷會比較乾淨。」我搔搔頭，想出了一個妙計。

沒想到話一說出來，全班又一陣哄堂大笑。老師的臉一陣青、一陣白，這次他眞的生氣了。他指著考卷大罵：

「你這麼聰明，好，那我問你，是非第一題，共匪竊據大陸，奴役百姓，大陸同胞過著牛馬不如的生活。這個問題的答案明明是圈，你爲什麼寫叉呢？」

「這個答案根本就是叉，」我脫口而出，發現老師楞了一下，「共匪怎麼可以做出這種事情呢？這樣做難道對嗎？明明不對，怎麼會是圈呢？」

老師氣得全身發抖，抓住我的肩膀問：

「好，那你說，這一題，好學生，早早起，背了書包上學去，這一題為什麼又錯了呢？」

我有一點害怕，不敢說話。老師更靠近我了，瞪著大眼睛問：「你倒是說說看啊——」

「禮拜天不用上學去啊——」我只好實話實說。

老師點點頭，轉身過去，可是我知道他忍不下這口氣，一、二、三、四、五、六、七，果然沒錯，走了七步不到，他轉身脫下皮鞋，準備朝我衝過來。

我看見老師滿臉脹紅，眼圈紫黑，只差沒從頭上冒出白煙來。見苗頭不對，我拔腿就跑。說時遲，那時快，穿過走廊，越過操場，回頭一看，不得了，老師穿著一隻皮鞋，手抓著另一隻，奮不顧身，一拐一拐地追打過來。

我敢打賭，靠操場教室所有的班級都停止了上課，教室窗戶擠著高高低低，大大小小的腦袋，砰砰碰碰，大呼小叫地爲我們鼓掌加油。直到後來，老師再也跑不動，氣得一隻皮鞋朝我丟過來，從頭上飛過去。我們隔著遠遠的距離站定，老師一喘一喘地看我。

「你不要跑啊——」老師遠遠指著我，破口大罵。一轉身，不得了了。從行政大樓的方向，看見校長帶著一羣穿西裝打領帶的督學走過來。

我們遲疑了一會，同時都注意到了操場邊的升旗臺——唯一的遮蔽物。眼看校長與督學們大搖大擺地走過來，我們別無選擇，顧不了恩怨爭執，倏地同時飛奔到升旗臺背面躲藏起來，只露出一對眼睛，賊溜溜地。

校長愈走愈近，我們屏住氣息，清楚地聽見他自誇地告訴督學：「我們學校最引以爲傲的事就是我們的環境清潔，可以說是獨步全省……」

話還沒說完，大家都同時注意到在操場最明顯的位置，丟棄了一隻又臭又舊的爛皮鞋。校長皺了皺眉頭，又拿出手帕來擦汗，一緊張掉到地上去，仍下意識地拾起來擦臉，手帕上沾著泥土，校長的臉愈擦愈髒。

「怎麼會這樣呢？」督學們睜大眼睛盯那隻鞋，校長一臉無辜，一手抓著鞋子，一手捏住鼻子，不甘不願地朝升旗臺旁的垃圾桶走過來。

隨著他一步一步走近，我們的心臟都快從嘴巴裏跳出來。老師像個考試不及格的學生，低著頭，脹紅了臉。隨著校長愈靠近，我們姿勢愈壓低，臉都快貼到地上去了。

校長在垃圾桶前猶豫了一會，總算下定了決心，𡂝噹一聲，把鞋子丟到垃圾桶裏。

這一聲𡂝噹讓我覺得好笑，沒想到老師也有這樣的一天。終於，在校長

保持清潔人人有責

轉身的一剎那，響起了下課鐘聲。

噹——噹——噹——下課的學生都跑過來要看那隻鞋子。我不知道老師心裏想些什麼。本來他還傻傻地對著我笑，如釋重負。後來想起鞋子的事，翹起來的嘴角又變回直線。一個剛剛還是頑皮的孩子，立刻變成了嚴肅的老師，板著臉，理都不理人，一拐一拐地走回辦公室。

從垃圾桶撿回那隻鞋子，我才體會出校長捏著鼻子的苦心。我不得不承認那隻鞋子的確很臭。可是，現在我非得把皮鞋送還老師不可。我甚至決定必要的時候撒撒嬌也無所謂。我眞怕事情愈來愈麻煩。

走過走廊，同學間大呼小叫爲我叫好。我還聽到掌聲，久久不絕。這世界總是這樣，我自覺做了一件窩囊十足的事，他們卻把我當作英雄。

最後一片西瓜

終於該吃水果了。

嬸嬸把水果盤端上來，西瓜切得整整齊齊排列，數量雖然不多，但是顏色非常豔麗。也許是芬芳的氣味，快睡著的妹妹醒了過來，我注意到她的眼睛盯住西瓜，一下子流露出燦爛的光芒。

現在我的脖子綁著一朵大紅色蝴蝶領結，乖乖坐在這裏。我相信再頑皮的小孩，只要聽到到親戚家作客這種壞差事，一定立刻安靜下來。我脖子上的領結總讓我想起家裏大狗哈利脖子上的項圈。牠失去自由，整天汪汪叫，我卻連叫的權利也沒有。

妹妹也好不到那裏去，她被綁上那朶據說很漂亮的髮結，翹出兩辮高高的蝴蝶結在腦袋瓜上面，整個人看起來像隻笨兔子，背著天線的電視機，又好像剛從禮品店包裝好，準備送人的禮物。總之，我們兩人很慘淡地坐在那裏，努力裝出很快樂、很乖巧的樣子，供人觀賞。

「去年你和妹妹來時才這麼小，」嬸嬸比畫一個很矮的高度，「小孩子長得這麼快，難怪我們要老，唉——」

「可不是嗎？」媽媽跟著感歎，一點沒有注意到妹妹睜得大大的眼睛，不停向媽媽眨動，暗示。

先是伯父開始用牙籤挑起一片西瓜，塞到嘴巴裏去，津津有味地咀嚼起來。幾滴西瓜汁從嘴角流出來，他掏出手帕去擦拭。接著三個堂哥、一個堂姊、一個堂妹，各拿起一隻牙籤，蜂擁而上，又快又準地刺中目標，挑起來，丟進嘴巴裏面去。

「妹妹幾歲呢？」嬸嬸又問。

妹妹裝出可愛的模樣掰指頭，一、二、三、四、五，是五歲沒有錯。情況很危急，差不多所有堂兄妹都吃過了第二片水果，一時之間，整盤西瓜空了一半。

妹妹不停地在桌面下踩我的脚，要我暗示媽媽允許我們吃西瓜。

我想起出門前媽媽一再告誡的話。

「到了嬸嬸家裏，人家請你們坐，不要一下就坐下來。」

「爲什麼不坐呢？」我問。

「人家只是測驗你們小孩子懂不懂事，聽不聽話。」媽媽說。

「那要什麼時候才能坐呢？」

「等我暗示你們。」媽媽很滿意地訓示我們，過了一會，想起什麼，忽然又問：「那如果嬸嬸請你們吃東西呢？」

「不吃。」我和妹妹異口同聲回答。

「對，」媽媽高興地撫摸我們的頭，「要等媽媽暗示。」

事實上並沒有說的那麼容易。我看媽媽和嬸嬸談得眉飛色舞，早忘記暗示這回事了。妹妹不斷地在左邊踩我的左脚，踩得我脚趾直發脹。

看著西瓜一塊一塊淪陷到堂哥、堂妹的口裏，我終於下定決心，伸出我的右脚，去踩媽媽的左脚。不踩還好，一踩媽媽忽然停止談話。轉身過來瞪我們看。

嬸嬸不知道發生了什麼事，忙出來打圓場，拿給我和妹妹一人一隻牙籤，笑著說：

「來，哥哥和妹妹都吃西瓜。」

雖然從手到西瓜的距離還不到一公尺，可是中間有一道媽媽鋒銳的目光阻擋著。我想起上課時老師說過黃花崗七十二烈士的故事，不成功便成仁。我慢慢伸出去的手顫抖著，最後終於又縮了回來。我總算體會到革命先烈的偉大情操，我就沒有那種勇氣，我害怕在媽媽的暴政之下「成仁」。

媽媽很滿意地拉開了笑臉，告訴我：

「哥哥乖，背書給嬸嬸聽——」

哎呀，又是這套表演「天才兒童」的遊戲。爲什麼大人都不肯背書，總是要叫小孩子背書呢？

我老大不情願地站起來背第一課（一直都是背第一課）。

風和日暖春光好，結伴遊春郊。
你瞧：
一彎流水架小橋，兩岸楊柳隨風飄。
豆花香，菜花嬌，

不知爲什麼，背到豆花香時，我迸出了一句「西瓜香」。除了妹妹以外，滿堂哄笑。我看到伯父把嘴巴的西瓜汁都噴了出來。堂妹吃剩一半的西瓜掉到地上去，讓嬸嬸撿到垃圾桶去丟掉。

西瓜一塊一塊地消失。我一邊背，一邊想起，　國父經過十次革命失敗，終於創建民國。而我爲什麼連一次的勇氣都沒有呢？

背完了書，聽到稀稀落落的掌聲。西瓜剩下一塊了。鮮豔無比地躺在盤子裏面。輪到妹妹彈鋼琴，表演「少女的祈禱」。她手拉裙子，向大家敬禮。臨上鋼琴前，還屢屢回頭望著西瓜，眼巴巴地希望它不要受別人蹂躪。

老實說，她的「少女祈禱」彈得像一輛壞掉的垃圾車。而我正和良心不斷地掙扎著。是最後一片西瓜了呀，爲什麼我沒有大無畏的精神呢？

不知那裏來的勇氣，正當大家裝出陶醉的模樣聆聽音樂時，我也裝出若無其事的模樣，拿起牙籤，伸出手，挑起西瓜——這一切都那麼自然、優雅……可是當我輕輕地咬下第一口時，音樂停了下來。

「西瓜——」我聽見妹妹開始哇哇大哭，嬸嬸和媽媽把她從椅子上拉下來時，她仍然哽咽地嚷著西瓜。

無論如何哄騙都是枉然的。妹妹的哭聲在嬸嬸端出第一杯500CC西瓜牛奶時，才算略微平靜下來。到了第二杯西瓜牛奶時，總算有了一點笑容。她一共喝了三杯500CC牛奶（眞是可怕），喝完第三杯時，嬸嬸慈祥和藹地問她：

「還要再來一杯嗎？」

「不好意思。」妹妹低頭回答。

「那來一杯小杯的好了。」

妹妹竟然點點頭。

現在廚房裏果汁機的聲音正嘎嘎地響著，第四杯西瓜牛奶還沒有端上

哇！西瓜啦…

來。無論如何，我再也無法把這件事當做有趣的事看待了。因爲我正好擡起頭，看到媽媽生氣的臉，脹得比西瓜還要紅。

郵票

有一天，我在隔壁阿姨家幫忙打掃。掃完了之後，我們很得意地坐在沙發上欣賞打掃的成果。這時候，阿姨搬出許多集郵冊請我欣賞。

翻開集郵冊，滿滿都是繽紛的郵票，有花朵、貝殼、鳥類、國畫、人物，還有風景名勝、圖案……看得都快目不暇給。翻到第三冊，我忽然發現一套水果郵票，有香蕉、西瓜，還有荔枝，看得口水都快流出來了。坐在沙發上看郵票，久久不翻一頁，我的目光停在水果郵票上面，心裏喜歡得不得了。

我終於厚著臉皮問：

「阿姨，這套水果郵票可以送給我嗎？」

阿姨似乎面有難色，猶豫了一下說：

「這個恐怕不行，因爲是很有價值，很有紀念性的東西……」

我張著嘴，眼巴巴地看著阿姨，希望換取一點同情。後來阿姨終於心軟了，跑到廚房去切了一盤水果端來請我，她說：

「這樣，這次先請你吃香蕉、西瓜，下次再請你吃鳳梨、荔枝，好不好？」

我吃完水果，訕訕地回到家裏，心裏想的都是一張一張有牙齒，花花綠綠的郵票。

後來我忽然想到爸爸書桌上有一疊信件，每封信上面都貼有郵票。靈機一動，便把所有的信都拿去泡在臉盆裏。郵票泡在水裏，很快就從信封上面脫落下來。一張一張撿出來，夾在書本裏面，不到一個下午，泡水的郵票全乾了。

爸爸下班之後，我得意地展示這些郵票。爸爸一張一張看，起先還滿開心地。漸漸他皺起眉頭問：

「你怎麼會有這些郵票？」

我不經意地回答：

「就是從信封上泡水拿下來的郵票嘛。」

「什麼信封？」現在爸爸顯得有些緊張了。

我帶爸爸到浴室去，當他看見泡在臉盆裏的一疊信件，叫了一聲：

「天哪——」

一臉青青綠綠的表情看著我，整個人幾乎要站不住了。真搞不懂大人在想些什麼，又不是鈔票，爲什麼那麼激動？我正這麼想著，爸爸已經由絕望漸漸恢復過來，他的神色漸漸凶惡，然後變成了動物園的野獸，不得了——我沒有時間多說，再不溜走來不及了。

'89.

後來我花了一個禮拜的時間把那些泡水的信件一張一張攤開，讓太陽曬乾。我還花了兩個小時的時間把郵票逐一貼回信封上。此外，我還必須繳交一張文情並茂的悔過書。

我因爲一時糊塗，把爸爸的信件全部拿去泡水，還不經同意，拿走了信封上的郵票。現在我知道我做錯了，我願意悔改，並且不再犯錯。特別寫下這張悔過書爲證。

雖然我嘴巴願意悔改，心裏卻仍然想著那些美麗的郵票。一邊寫著悔過書，我忽然想起住在嘉義的二堂哥。我記得他也有許多成套、漂亮的郵票，從小他最疼我。我何不順手寫封信給他？這是我第一次寫信，不知道該怎麼寫才對？可是爲了郵票，我不計犧牲一切。

親愛的二哥：

我現在愛上了集郵，可是我一張郵票都沒有。從小你最疼我，你可以送我一張郵票嗎？一張就好了，好嗎？求求你，只要給我一張漂亮的郵票就可以了。你千萬不要像爸爸那麼小氣，他一張郵票都不肯給我。（噓——千萬不要告訴爸爸，這是我們之間的祕密。）

堂弟　敬上

我偷偷地拿了爸爸桌上的空信封，抄下住址，封上信封，把信投到郵筒裏去了。每天我一放學，就跑到信箱去看。我滿心期望，二哥會寄來一信封的郵票。

過了幾天，爸爸把我叫去，他說：

「有你的信。」

我非常興奮，看他從信封裏抽出一張信紙，開始朗誦：「親愛的二哥，我現在愛上了集郵……」

讀到「小氣」的地方，爸爸還特別加重音，看了我一眼。我一時不知道該怎麼辦，脹紅了臉，我問：

「這是寫給二哥的，爲什麼跑到你手上？」

爸爸推了推老花眼鏡，慢條斯理地說：

「你寫信去要一張郵票，自己卻忘了在信封上貼郵票，郵差只好把信退回來了。」

不知爲什麼，我變得很難過，原來自己又做了一件傻事。我聽見爸爸告訴我：

「信倒是寫得不錯……」

可是我沒有心情再聽下去，搖搖頭走開了。我開始恍恍惚惚，心裏想來想去都是那些花花綠綠的郵票，甚至對於即將來的生日也覺得沒有什麼樂趣。

生日那天是假日。我睡得很晚。惺惺忪忪被爸爸叫醒，他說：「快醒來，有你的卡片。」

我張開眼睛，原來是二哥寄來的「生日快樂」卡片。翻開卡片，不得了，還有我最喜歡的生日禮物——郵票。花花綠綠，一共有三套，有登陸月球紀念，建國六十週年，還有貝殼郵票，我興奮地從牀上跳下來，大笑大叫：

「我有自己的郵票囉——」

「別急，」爸爸制止我，「爸爸也有生日禮物送給你。」

我接過禮物，拆開包裝，楞住了。那是一張漂亮的首日封，首日卡，翻開卡片，裏面整整齊齊地貼著四張郵票，西瓜、鳳梨、香蕉、荔枝。我感動得眼淚都快掉出來，抱著爸爸，又吵又跳：

「謝謝爸爸，謝謝……」

爸爸很滿意地問：「還說爸爸小氣嗎？」

我在他的額上親吻，抱著他撒嬌：「爸爸最好了……」

一陣混亂之中，我聽到爸爸冷靜的聲音：「二哥那封信是我幫你寄的，貼了一塊錢郵票，要從你明天的零用錢扣掉……」

我愛哈利

我們第一次見到哈利時，牠少說餓過十天以上了。整條狗瘦得像鬼一樣。

妹妹一見到牠，就站住了，拉著我的衣裳，嗲聲嗲氣地說：

「哥，我們抱回家養好不好？牠好可憐啊。」

哈利彷彿聽懂我們的話，一直猛搖尾巴，伸出舌頭呵呵呵地笑著。

「看牠這麼髒，以後妳要每天幫牠洗澡。」我考慮了半天。

「沒有問題。」

「還要餵牠吃飯。」

「沒有問題——」妹妹睜大眼睛，猛點頭。

「牠身上長皮膚病，」我皺皺眉頭，「恐怕我們一個禮拜不能吃冰淇淋，省零用錢帶牠去看獸醫。」

這點妹妹考慮最久，不吃冰淇淋簡直要她的命。然而她聽見哈利有氣無力汪汪叫了兩聲之後，終於還是忍痛同意了。

我們兄妹當了兩個禮拜的乖寶寶，總算博取了爸、媽對哈利的一點好感。別以爲當乖寶寶是那麼容易的事，光是早上不能賴牀這一點就夠頭痛的了。尤其要叫妹妹起牀更是傷腦筋——還好現在我已經發現一個妙方，那就是我只要在妹妹耳邊輕輕地汪汪叫兩聲，她就自動起牀了。

然後是早上一定要喝完自己的一大杯牛奶。奶油麪包不准有殘屑剩下來。吃完飯還要清洗碗盤，準時上學。更令人難過的是，每天上下學經過冰淇淋攤子，聽到「叭，叭」的聲音，我們要裝作沒有這回事的樣子，勇敢地吞下自己的口水。

一個禮拜之後，我們殺了兩隻豬，掏光了鉛筆盒、口袋裏的鈔票，終於鼓起勇氣，帶哈利到獸醫診所去看醫生。醫生叔叔敲敲打打之後，診斷出一連串的毛病，包括蛀牙、長癬、結膜炎、寄生蟲、營養不良……

我在每包藥上面記下用法。診所裏面還有許多貓哇，狗呀的寵物，都關在籠子裏面。妹妹趴在椅子上看，簡直看呆了。

「這裏許多寵物都好可愛，可惜主人帶來看病以後把牠們遺棄了。你們要是喜歡，可以帶回去，只要付一點點醫藥費，我可以打折的……」醫生叔叔一邊說，一邊把帳單交給我，我一瞄，差點心都涼了。

妹妹又使出那種哀求的神色看我，我就知道她要說什麼，趕緊一手蒙住她的嘴巴，一手掏出口袋裏所有的銅板，丟在桌上。作完這個動作以後，我馬上變換姿勢，一手抱起哈利，一手拉住妹妹，說什麼都要跑得遠遠的了。

往後我們總在放學時在後院替哈利洗澡，洗完還用吹風機吹得蓬蓬的，然後仔細在長癬的地方塗上藥膏。這時候，隔壁的吳美麗，帶著她的大毛出來散步，諷刺十足地說：

「哎呀，我還以為什麼寶貝，原來是一隻癩痢狗。」

說完大毛雄赳赳氣昂昂地吠了兩聲，應和著吳美麗似地。

不可否認，大毛是一條很可愛的狗，可是吳美麗卻是最討厭的女生。偏偏她住在隔壁。每次你考試不及格，她就會有意無意地來家裏問爸爸媽媽有沒有收到成績單，東家長西家短地議論紛紛誰考幾分、幾分。如果她是丁心文、張美美也就算了，偏偏她的成績也好不到那裏去，可是爸媽總是怒氣衝天地罵我：

「至少人家比你強多了。」

還有她總是炫耀她的書包、鉛筆盒、手錶。有一次我穿了一件路邊攤買的運動衫，她竟然當場笑彎了腰，半天才指著商標說：「你看，這鱷魚頭反了。」

然後，神祕兮兮地拉起長褲，指著襪子說：「認明頭朝左邊才是眞正的鱷魚牌喲——」

反正，現在我一看到大毛心裏就有氣。雖然我不得不承認大毛是隻有魅力的狗。可是我決心無論如何要把哈利調教得比大毛還要漂亮。

什麼洗髮精、潤髮乳、蜂王蜜都被我們用上了。成天看見媽媽追著妹妹、我和一條狗追討她的清潔保養品。我和妹妹還把自己的牛奶、午餐偷偷地分給哈利吃。慢慢，哈利的皮膚痊癒，長出白毛，遮蓋住了眼睛，變成了一條可愛的迷糊狗。

狗愈來愈胖了，妹妹和我卻瘦得像隻猴子。媽媽雖然嘴巴抱怨，心裏還是很喜歡哈利。每天在廚房煮菜時，哈利跑過去看，媽媽便在哈利身上抹來抹去。我們放學替哈利洗澡，身上都是青菜汁、油漬，哈利變成了媽媽的活動抹布。

哈利還喜歡跳進爸爸的懷裏看電視。爸爸不討厭哈利，可是有時候牠一身毛太熱了，爸爸就說：「哈利的媽，來把哈利抱走。」

媽媽瞪爸爸一眼，老大不高興地說：「你才是哈利的爸爸呢！誰是誰的媽？」

我們一屋子裏笑得歪七扭八，哈利也興致勃勃地汪汪大叫。

終於別苗頭的日子到了。星期天下午，我們幫哈利洗過澡，剪過指甲，穿戴蝴蝶結之後，信心十足地帶哈利到公園散步。

果然吳美麗一見到妹妹和我，酸溜溜地說：「哎喲，癩痢狗長毛了。」

大毛和哈利相互瞪了一眼，頗有相互示威的氣氛。過了不久，兩隻狗相互磨磨蹭蹭，推來擠去。哈利的體型顯然比大毛小了一號，看得我和妹妹有點擔心。

吳美麗又用那種討厭的口吻笑著說：

「小狗嘛，沒什麼好擔心的。」

推來推去，大毛有點毛躁了，汪地叫了一聲，吠得哈利倒退一步。

「汪，汪——」大毛又叫了兩聲。哈利倒退兩大步。

「哈，哈——小狗們眞可愛。」吳美麗的聲調比平時還要尖，還要可惡。

本來我們只是想讓兩隻狗別別苗頭，沒想到大毛追著哈利滿公園跑，看著哈利驚惶失措的模樣，我和妹妹眞的開始擔心起來。

「我們大毛最乖了，絕不會咬人——」吳美麗若無其事地說著風涼話。

看來情況愈來愈慘，妹妹抓住我的手，愈抓愈緊。

「哈利——」她終於忍不住，大叫一聲。

說來奇怪，哈利一聽叫喚，立刻煞車回頭看著我們。忽然明白自己神聖

使命似地，鼓起勇氣，轉身瞪著大毛看，眼睛發出不可逼視的凶光。牠前腳抓抓地面，後腳抓抓地面，發出比平常還要低沈的叫聲：

「汪——」

大毛似乎被這吠聲嚇得怔住了。哈利作出衝刺的姿勢，一個箭步向前衝出，這時大毛大夢初醒，不顧一切轉身就逃。

隨著兩隻狗汪汪的叫囂，吳美麗的臉色一陣紅一陣白。慢慢，情勢明朗化，妹妹和我也有心情說笑話了。

「小狗玩玩，眞有趣。」

大毛終於被逼得跳進吳美麗的懷抱裏躲起來。吳美麗整個人怔住了，不知該怎麼辦好，最後竟不顧一切坐在地上哇哇地大哭起來。

我們假裝同情的表情只維持到吳美麗離開爲止。當她抱著大毛消失在公園出口時，我和妹妹笑得肚皮發痛，眼淚都掉下來了。哈利也跟著我們，得意洋洋地搖頭晃尾，直到家裏，我們的笑聲沒有停止過。媽媽緊張地詢問發生什麼事，我們都說不出一句話來。

第三類接觸

「啊，來了——」一聽到電鈴聲，姊姊一聲驚叫，碰碰碰碰衝上樓梯，消失得無影無蹤。

只見家裏每個人都在移動，一陣混亂。我以爲發生了地震，連忙要跑，擡頭一看，媽媽緊張地收拾客廳裏雜亂的報紙、椅墊、水果皮。連向來懶惰的妹妹也跟在後面，若有其事地你丟我撿。可憐的爸爸，一張報紙還沒看完就被搶走，乖乖地走回房間換衣服。

五分鐘之後，妹妹走去應門。當姊姊那個戴著深度眼鏡的男朋友走進客廳時，最吸引我注意的是他手上那兩大瓶純正蜂王蜜。那時候，我正欣賞著故事書，爸爸悠閒地喝著茶，屋子裏窗明几淨，整齊有序，呈現出一幅安和樂利的幸福家庭美景。媽媽很賢慧地站在沙發旁。我知道她正不知不覺地盯著那個男生打量，從頭看到脚，從脚看到頭。

「伯母眞能幹，屋子整理得這麼別致。」他坐下來，兩瓶蜂王蜜放在桌上最醒目的位置，推推眼鏡，堆在兩頰的笑容都快爬上額頭了。

「其實沒什麼，最重要平時要養成隨手收拾的習慣……」媽媽心花怒放。顯然馬屁拍個正著。

然後姊姊穿著那襲潔白美麗的連身長裙，從樓上翩翩降臨——我張大嘴巴，差點叫出來了。老實說，我看到一個漂亮的女生，可是她實在不像我的姊姊，一切都像是一場夢。媽媽說得好——出汙泥而不染，就是形容從姊姊那間髒亂不堪的房間，竟還能穿著乾淨走出來的人。

「來，請吃水果——」在我還沒清醒過來之前，姊已經迅速地從冰箱把預藏的水果端出來。她的聲音溫柔而體貼，笑容嬌柔而嫵媚。我猛捏自己的大腿，到底發生了什麼事？我是不是在作夢？趕快醒來呀。

然後現場一片沈默，只聽到吃水果的聲音。我知道大家都有許多話要說，但是沒有人敢先開口。

「你住在那裏？家裏有幾個人？」總算媽媽先開口了。

「我家住臺南，家裏有一個姊姊，一個弟弟，還有一個爸爸和一個媽媽。」

一個爸爸和一個媽媽？我忍不住嘴裏的鳳梨汁都快噴出來了。可是不曉得爲什麼，沒有人覺得好笑。氣氛像考試一樣緊張。

「爸爸都作什麼工作？」

媽媽開始作身家調查，巨細靡遺。只見她聽到回答，時而皺皺眉頭，時而會意地點點頭。其中有許多問題實在超乎我的年齡範圍。譬如問人家外祖母喜歡作什麼消遣？作什麼消遣和姊姊有什麼關係呢？

爸爸一直低著頭專心吃水果，像作錯事的小朋友，一句話都不說。等到媽媽已經問得沒什麼問題好問，她用手肘碰碰爸爸：

「你倒是說說話呀——」

這時爸爸才如夢初醒，從他的口袋裏慢條斯理掏出老花眼鏡戴上，作四處觀望狀。我猜他一定正思索著該問些什麼媽媽沒問過，卻又很重要的問題。

這不容易。

廚房裏傳來沙拉油上鍋蹦蹦跳跳的聲音。姊姊早在裏面忙得不可開交了。我看見一陣煙霧從廚房冒出來，漸漸煙霧愈來愈多，姊姊從煙霧裏出來，停了一下，仍保持溫柔、鎮定的口吻問：

「媽媽，麻煩您過來幫忙一下好嗎？」

我看得出來，其實她想說：「媽媽，救命。」

可是她竟然沒有大哭大叫，愛情給她力量。據說中午我們會吃到姊姊的拿手好菜，包括蝦仁爆蛋、清蒸魚、炒青菜、芥藍牛肉、什錦湯。我感覺不到一絲一毫興奮，我們已經被強迫吃三天同樣的菜了。

現在終於爸爸想清楚。他清一清喉嚨，開始發問這歷史性的第一題。

「你會下棋嗎？」

妹妹和我一聽，都忍不住想模仿電視上摔倒的動作。媽媽都已經一腳踩進廚房了，聽到下棋，兩邊都一樣危險，難分難解。

媽媽怔了大約一分鐘，對我無奈地笑笑，聳聳肩，指了爸爸，又指指手錶，一直眨眼睛，要我注意。我也無可奈何，只好聳聳肩，指著手錶，攤開雙手傻笑。

廚房裏鍋爐鼎沸，客廳裏楚河漢界，將士用命。爸爸掏出那包討厭的「萬寶路」香煙，點起火來，一支接著一支。一時之間，客廳裏煙霧瀰漫，與廚房的油煙交雜在一起，分不清楚到底那裏是那裏。

一切似乎都進行得相當圓滿，一方面爸爸與姊姊男朋友棋局一盤接著一盤，另一方面廚房的菜也一盤接著一盤端出來。然而，事情的眞相並不是這樣。妹妹偷偷跑來告訴我：

「菜炒得黑黑的，都蓋在裏面。」

當爸爸抽完一包「萬寶路」，摸不到香煙，叫我到巷口雜貨店去買時，他已經連輸五盤棋了。

我從雜貨店回到家裏，所看到的畫面是，菜都煮好了，安安靜靜地擺在餐桌上冒煙。而我們全家正圍觀戰局。

「爸吃飽了再下嘛——」

爸爸輸掉第六盤棋，滿頭大汗，掏出手帕擦汗，一邊忿忿地說：

「別急，再一盤，一盤就好，我已經摸清楚他的路數了——」

於是棋盤又擺開了。媽媽氣得不說一句話，叉著手，在客廳裏踱來踱去。過了不久，忽然靈機一動，把姊姊叫到角落，不知嘟囔些什麼。姊姊臨危受命，似乎很爲難，但終於還是點點頭，鼓起勇氣，走過去她男朋友身邊，附在耳旁嘀咕嘀咕。

最後一盤棋，爸爸很神奇地展現他的功力。先是將軍抽俥，接著又利用雙炮吃掉了對方的二傌、一炮。在強大的火力掩護下，卒子一隻一隻過河。漸漸車馬奔騰，兵臨城下，局勢開始明朗化。隨著姊姊男朋友搔首不安的模樣，爸爸臉上綻出笑容來。

「伯父棋力深厚，今天受教，受教。」姊姊男朋友總算棄局投降。

「我就說我已經看破了他的棋路。」爸爸得意洋洋地看媽媽和我，只笑呵呵地拍那男生的肩膀說：「人生如棋，虛虛實實，年輕人下手還是不能太躁，前面幾盤我就是故意試試你的實力。」

只見姊姊的男朋友一面俯首稱是，一面站起身來向餐桌移動。媽媽向我猛使眼色，在爸爸還沒興起「再來一盤」的念頭之前，趕緊把棋盤、棋子收拾得乾乾淨淨，藏到櫥櫃裏去。

好不容易大家都坐到餐桌前，又恢復了剛剛的沈默。

「別客氣，大家吃吃我的拿手好菜——」姊姊招呼大家吃飯，那聲音聽起來非常心虛。

我當仁不讓，搶先吃下一口蝦仁爆蛋，發現菜已經冷了——不過那不是菜不好吃的主要原因。我吃到沙沙的固體，雜在蛋塊之間，吃起來鹹鹹的，等我發現那是鹽巴時，已經滿口是鹹味了。我慌慌張張地拿起湯匙要舀湯，發現所有人的眼光都集中在我身上。我只好裝出溫文儒雅的喝湯姿勢，慢條斯理地喝下一口湯。

「嗯，味道不錯。」我想起電視廣告運動飲料模特兒的表情。還好，湯

將…將…嗯…

忘了加鹽巴，白開水一樣，我們可以自行調整。

「嗯，還滿不錯的。」妹妹重複和我一樣的動作，伸伸舌頭，向所有關注的人表示。說完之後，她神祕地看看我，我們露出會心的微笑。本來我對自己善意的謊言感到不好意思，我們都聽過華盛頓砍倒櫻桃樹的故事，可是現在面對的是自己的姊姊，實在覺得不好意思。

正覺得坐立不安時，我聽見媽媽誇張的讚美：

「嗯，這滋味恐怕餐廳的師傅都不見得能作出來。」

接下來我聽到的讚美愈來愈離譜，難怪我們小孩子愈來愈不能適應這個社會。

「蝦仁爆蛋爆得香酥，尤其是油的火候恰到好處，這很不容易拿捏，吃起來香脆又酥軟，刺激又溫和，特別是蝦仁，新鮮可口，又有韌性，配合爆蛋的質感，簡直是完美無缺的組合。」姊姊的男朋友眉飛色舞地形容，這時候我忽然從他不怎麼出色的長相與氣質裏，漸漸領悟姊姊會喜歡他的道理。

聽完這些歌頌讚美，姊姊很滿意地拿起筷子，夾起自己的拿手好菜在嘴巴裏咀嚼。她對我們笑了笑，低下頭，沒有說什麼。

接著我們都很努力地吃自己面前責任區域裏面的菜。炒青菜、清蒸魚、芥藍牛肉，一盤一盤有驚無險地過關。什麼黑黑的、焦焦的、生生腥腥的，我們都看不到、聽不到、摸不到、感覺不到。

整個大會圓滿成功地閉幕是可以想像的。尤其我們飯後都喝了姊姊男朋友帶來的蜂王蜜，冰冰涼涼、甜甜蜜蜜，充滿了美好的滋味，自然心裏充滿了感激。

差不多姊姊男朋友離開後不到兩個小時，這個家庭又恢復原狀。我們又看到了杯杯盤盤在桌上狼藉一片，還有果皮、報紙歪歪斜斜躺在沙發、地板。爸爸穿著不太雅觀的內衣、睡褲，翹著二郎腿，看他的報紙。剛剛那個美麗的公主、仙女，似乎隨著王子離開了，我們又看到一個凶巴巴，有點邋遢的灰姑娘——一切都那麼熟悉、親切，像自己的家。

大家從各種不同角度來探討姊姊的男朋友。似乎那瓶蜂王蜜在我們體內都發生了某種作用，再嚴厲的批評，聽起來都帶那麼一點甜味。

只有爸爸有一點小小的不同意見：

「看他下棋，不怎麼高明，會不會遺傳不太好？」

這句話出來，立刻語驚四座，全家一片沈默，無言相對。爸爸起先不怎麼在意，慢慢地似乎察覺出來情勢不太對勁。

「怎麼啦？」爸爸問。

「你沒看見吃飯前我和素惠咬耳朵？」媽媽說。

「對了，說到這裏我才想到，」爸爸放下報紙，收起他的老花眼鏡，「吃飯前我就看你們交頭接耳，一直在嘀咕嘀咕，到底在嘀咕些什麼？」

媽媽只是一直笑，一句話不說，把我們弄得莫名其妙。只看到姊姊臉上青一陣、白一陣的，最後似乎忍不住了，終於淡淡地說：

「媽媽要我告訴你的對手，他要是膽敢贏了第七盤棋，以後就不用來我們家了。」

超人特攻隊

終於，超人特攻隊又擊敗了宇宙魔王，成功地把他趕出阿爾伐星球，拯救了所有的居民。可是宇宙魔王並沒有被消滅，他還會捲土重來，因此明天下午五點半，我們必須準時地收看勇敢的、堅強的——超人特攻隊。考試不及格、晚飯來不及吃都沒有關係，可是如果你不看超人特攻隊，明天上學，你就不懂別的小朋友到底在說些什麼了。

儘管我這樣說，你一定還不明白超人特攻隊到底多偉大，可是那沒有關係。包括我在內，我們全班的男生都是瘋狂的超人迷。據媽媽說，我現在的夢話已經變成這樣：

小朋友，買瓜瓜，送超人，集滿超—人—特—攻—隊，就送超人一個。多買多送，其他還有一萬一千一百個大獎等著你……

超人模型是只送不賣的。它不但可以組合變形，上天下海，還可以配備各種模型武器。尤其是它的胸膛有紅色的雷射閃光，每當超人特攻隊要主持正義、消滅敵人時，紅色閃光就會動起來，發出碰—碰—的聲音。一聽到聲音我就興奮得不能控制，一定要起來跳一跳，也跟著叫，碰—碰—碰，這樣才過癮。

我一心一意把所有的零用錢都存下來買「瓜瓜」。現在什麼冰淇淋、奶昔、沙其瑪我已經都戒掉了，我驀然發現自己從前多麼奢侈浪費。可是儘管如此，我收集的速度仍然太慢了。你看超人特攻隊每天都在消滅敵人的基地，我卻好幾天才能買一包「瓜瓜」。

媽媽就不明白超人對人類偉大的貢獻。她總是問：

「我不懂那些爆米花有什麼好吃？你要眞的喜歡，我明天買一大箱回來爆。」

「哎喲，媽，」我趕緊回答她，「人家買瓜瓜送超人特攻隊，你又沒有。」

「你看你每天都看超人特攻隊，功課得乙下。要是你好好寫功課，得個甲上，媽媽送你機器人。」

「媽，是超人特攻隊，又不是機器人。那沒有在賣的啦。」

「超人特攻隊有什麼好？」

你看，大人就是這樣。他們永遠弄不清楚重點。像我媽媽，隨便買一套衣服就是五千塊、一萬塊，但她卻專門租悲哀的錄影帶來看，每次看到女主角很可憐，窮得沒有衣服穿，沒飯吃，她就一直哭，一直哭……

總之，不管如何，我決定憑自己的努力，來換取超人模型。別看收集超

——人——特——攻——隊很簡單，有時雜貨店的「瓜瓜」被別的小朋友買光了，我們還得辛苦地到處去問。買來也不是拆開就算了。有時你剛好有兩張「特」，可是沒有「攻」。於是就得費力去找一個剛好有兩張「攻」，卻沒有「特」的人交換。這些都不是想像中那麼容易的事。

慢慢，我們發現了一項事實，那就是大部分的男生手上都擁有了「人」「特」「攻」「隊」，可是「超」一直沒出現過。我想起電視上廣告某種廠牌的冰箱有種特別的殺菌燈裝置，平時可以滅菌，但只要冰箱一打開，爲了保護人體自動就熄滅了。問題是我們怎麼證明廣告是不是騙人呢？因此，有時候我懷疑我們都被騙了，如果廠商根本沒印「超」的話，我們永遠也不會知道。

有一天，莊聰明鬼鬼祟祟跑到我身邊說：

「我有一個超喔。」

「你有一個什麼超？」

「就是勇敢的、堅強的——超人特攻隊。」他比了一個發威的動作，看起來好像猴子搔癢。

「啊——」我睜亮了眼睛。

「噓——」他很神祕地把食指放在脣上，緊張地左右觀望。

「你是說，勇敢的、堅強的——超人特攻隊？」我也比了一個超人發威的動作。

看到他點點頭，我又興奮起來了。我靈機一動，發現我們必須充分合作。我不但把故事書借給他，請他吃冰淇淋，還幫他掃地，甚至約定將來超人到手，我們輪流各擁有一個禮拜。

這一切似乎都很美好，除了莊聰明的「超」一拖再拖之外。他不是換了一個新的安全地點，就是又忘了帶來。漸漸，我實在按捺不住了。便問他：

「你的超到底要不要拿來？」

「我又沒說不拿來。」

「那就趕緊拿來啊。」

「我是要拿來，可是沒說那一天。」

說著說著我們便吵了起來。通常只要有人吵架，立刻會圍上一堆人，忙著煽火、起鬨。這次很奇怪，人是圍了一大堆，可是大家都抱著手不說話，死盯著莊聰明看。正吵得不可開交時有人站出來說話了：

「莊聰明，你到底要不要把超拿出來？」

我正覺得納悶時，另一個聲音又說：

「把我的冰淇淋、橡皮圈還我。」

「還有我的彈珠、撲克牌。」又有另一個人抗議。

「莊聰明騙人。」

不得了，原來莊聰明欺騙我們所有人的感情。我們氣得去報告老師。可是老師來了，他仍然振振有辭地說：

「是他們自己要請客，我又沒有向他們要。」

老師問清楚了來龍去脈，便捺著性子說：

「莊聰明，既然這樣，你把『超』拿來給大家看，表示你沒有騙人。」

看他楞楞不說話，一張臉像條死魚，老師便開始說了一則華盛頓砍倒櫻桃樹的故事。看他沒什麼反應，老師又說了許多偉人勇於認錯的故事。正說到沙漠的駱駝隊遺失了一顆珠寶的時候，莊聰明終於說：

「老師，我錯了。」

大家激動的拍桌子，又叫又鬧。我氣得把橡皮擦丟出去，我看見莊聰明難過得眼淚都流了出來。我也快哭了，因爲橡皮擦正好打在老師臉上。

後來莊聰明足足掃了一個學期的廁所。他早忘記那天他流眼淚的德行，總是拿著掃帚又叫又跳：

「勇敢的、堅強的——超人特攻隊。」

我們看見了都覺得又好氣、又好笑。從來沒有聽說過超人還要掃廁所的。

經過這一次事件，似乎大家都不太相信集滿超人特攻隊，送超人一個這件事。可是我們不死心，有一天，我買了一包「瓜瓜」，打開彩券，正準備丟掉——可是我的心臟抽動了一下，我看到的是一個「超」字，我揉揉眼睛，眞的是一個「超」字沒有錯。

「哎呀，是一個超——」我叫了起來。

班上同學都圍過來看。「眞的是一個超——」讚歎的聲音此起彼落。我高高興興地將「超」「人」「特」「攻」「隊」裝入信封，填好回郵資料寄給廠商，心裏充滿美好的期待。不但如此，隔天，班上又可以聞見爆米花的香味，似乎大家對超人特攻隊又再度掀起熱潮。

「將來你的超人模型一定要借給我玩一下，好不好？」幾乎每個人都對我提出要求，我變成了班上最有社會地位的人。

超人模型寄來那天，我正在家裏收看超人特攻隊。我拆開包裝，掉出一個小小的塑膠玩偶，我本來以爲裏面還有東西，可是卻空空如也。我仔細看那個塑膠玩偶，是有點像超人沒錯，可是和我心目中的想像完全不同。後來廣告出現，我仔細對照，的確是超人，可是我手裏這個感覺小很多，並且要用手拿著才能飛天下海。碰—碰—碰也必須我自己叫。更不用說那個紅色的雷射光了。

起初我的確有點失望。可是漸漸我找到了一些新的樂趣。尤其是看到班上同學的那種熱烈又渴望的表情。我不敢把我的失望告訴他們。因爲他們不但不會相信，而且私底下一定會認爲我太驕傲。他們總是問：

「你爲什麼不把超人模型帶來給我們看？」

「哎呀，不行，我妹妹玩得愛不釋手，再過幾天嘛。」我就裝模作樣地回答。

「說說那個模型給我們聽嘛。」

「堅強的、勇敢的——超人特攻隊。」我作了一個超人發威的動作，聞到教室裏一片爆米花香。大家興奮地站起來，跟著又叫又跳。

上課鐘才響，又有兩個傻瓜，各抓著一包「瓜瓜」，上氣不接下氣地衝了進來。

公車歷險記

好了，現在公車停下來，沒有人要下車。司機轉過身來問：「到底是誰要下車？」

他的眼光掃視每個乘客，抓小偷似地。妹妹和我趕緊低下頭來。我們偷瞄那個拉錯鈴的老先生，他的頭更低，簡直都躲到座位底下去了。

「沒事拉什麼鈴呢？」司機先生生氣地關上自動門，繼續開車前進。

車子一開動，老先生的頭又探了出來，好像春天豆苗發芽一樣。我和妹妹興致勃勃地替他配頑皮豹扮演偵探的音樂。

嘟嘟——嘟嘟——嘟，嘟——嘟——

司機一邊開車，一邊忙著破口大罵。公車搖搖晃晃走在基隆路上，發出伊伊歪歪的聲音。他從交通罵到警察局長，警察局長罵到市長，市長又罵到交通部長……

公車開得很快，老先生的動作很遲緩。他終於站了起來，缺乏自信地看看窗外，又看看手上的紙條。慢慢把手搭到電鈴線上，猶豫一下，又縮了回來。可是眼看公車就要過站，他終於下定決心，閉上眼睛，用力一拉——

接著發生的事很複雜，我必須一件一件說。先是電鈴卡住了，一直叫個不停。然後司機一個緊急煞車，老先生重心不平衡，紙條從手上飛了出去，我連忙幫他去撿。

「福利總站，誰要下車？」司機回過頭來問。

說時遲那時快，一聽到福利總站，老先生碰地一聲坐下來，頭又縮進座位底下。

我正好抓住了紙條，拿起來一看，很不幸，那上面密密麻麻寫滿住址，然後用紅筆標明「吳興街口下車」。

司機並不管叫個不停的鈴聲。他怒氣沖沖地起身走過來，一把抓起縮頭縮腦的老先生說：

「就是你，我剛剛就是看見你拉鈴，你爲什麼不承認，你以爲這樣很好玩是不是？」

「我……我，不是，故，故意的。」

「已經警告你三次，還不是故意，你以爲我們公車司機都是白癡是不是？」

司機抓住老先生往車門方向走，老先生一直叫嚷著：

「我要到吳興街口。」

司機不管三七二十一，把他推下車去。他在車外不停地拍打車門，司機

也不理會他，自顧修理叫個不停的電鈴。等他修理好之後，便插著手站在車門口，耀武揚威地問：「還有誰要下車？」

妹妹和我又把頭埋到座位底下去。一聽到聲音就渾身不自在，更別說看到那種眼神了。

繼續開車上路。現在事情似乎不像原來那麼好玩。大家凝肅著臉，車廂內窸窸窣窣的聲音都不見了。

快到喬治商職的地方，終於有個長得很滑稽，戴著墨西哥大盤帽的年輕人站了起來。他彎彎臂膀，踢踢腿，又摩擦雙掌，然後把手一步一步靠近電鈴線……

情勢看來很緊張，妹妹和我不約而同替他配荊軻易水寒的音樂：

淡淡地，和你說聲再會，看那江水悠悠……

現在年輕人的手已經搭上線，眼看公車就要過站，妹妹張大了嘴巴——

「啊——」就在妹妹快叫出來的時候，我伸手掩住她的嘴巴。年輕人以迅雷不及掩耳之勢輕輕拉了一下鈴，那鈴聲短捷而優雅，快得我們差點都聽不見。

大家替他捏了一把冷汗。他也伸伸舌頭，如釋重負，露出請多多指教的笑容。公車停了下來，司機轉過頭用懷疑的眼光看著年輕人，可是什麼都沒有發生。年輕人安全而成功地走下公車。

公車又繼續上路，我們的心情更沈重了。漸漸妹妹和我連唱歌配樂的心情都沒有了。她兩個眼睛巴答巴答地望著我說：

「哥，輪到我們下車了，怎麼辦？」

她的手緊緊抓住我，又濕又冷，一直冒汗。我看看電鈴線，正好在她的頭上，便鎮定地說：

「沒關係，我們不會拉錯。」

她看電鈴線，又望著我，然後說：

「可是電鈴會卡住，一直叫。」

然後我們緊張得說不出話來。妹妹把她最心愛的簽字筆從書包裏拿出來送我，看看我，又看看電鈴線。我把簽字筆還給她，搖搖頭，望著她，又望著電鈴線。

站牌愈來愈靠近。我看見妹妹的眼睛、鼻子、嘴巴都擠在一起了，只好歎口氣，慢慢站起來把手伸出去。這時候妹妹才算有點血色，安慰我：

「哥，不要怕——」

我發現自己搖搖晃晃，似乎比原先那位老先生好不了多少。最後我只好閉上眼睛，孤注一擲——

「不是我——」那電鈴果然卡住了，一直叫個不停，然而更吵的是妹妹的哭聲。

公車慢慢停了下來。

「別哭，別哭——」我抱著妹妹從座位上站起來，一擡頭就看見司機滿面的怒容。雖然我暗自唱著超人特攻隊的主題曲，可是心臟卻撲通撲通地跳。這時候幾乎全車的旅客都站了起來，張大眼睛，瞪著司機看。大家都不說話，可是眼睛在打架。

我帶著妹妹往車門移動，愈來愈靠近司機。司機看看乘客，又看看我們，臉上一陣紅一陣綠，不斷地發生變化。等我們走到車門時，他竟然一臉無辜地說：

「我又沒有說是妳。」

我一看就知道一臉無辜的表情是裝出來的。靈機一動，立刻對他做一個世界上最醜陋的鬼臉，做完拉著妹妹衝下車，一直跑，一直跑，直到我們再也跑不動爲止。

塗牆記

「我，我……忘記自己的名字怎麼寫？」雖然老師氣得滿臉通紅，可是莊聰明的話還沒說完，全班早笑得東倒西歪了。

你一定認識莊聰明，就是上次欺騙我們他有「超」、「人」、「特」、「攻」、「隊」那個人，老師罰他掃廁所，對不對？現在你記得了。我偷偷告訴你，他的麻煩大了，因爲他的國語考了一百分。考一百分其實是件好事，問題是他考卷上的班級座號姓名竟和丁心文一模一樣，恰好丁心文也考了一百分。

「如果你考試不及格，老師非常生氣。」現在精采了，老師氣得說話都有些結結巴巴，「如果作弊考一百分，老師更是非常非常生氣。萬一你笨到作弊還把別人的座號姓名都抄上去，那老師簡直是非常非常非常生氣，這樣你懂嗎？」

我看得出來莊聰明一臉茫然，可是他還是裝出很無辜的樣子。

「現在你打算怎麼樣？」

莊聰明猶豫了一下。「罰我跑步。」

「不行。」老師搖搖頭。上次老師罰他跑五圈操場，他高高興興一下子就跑完了。還加跑兩圈表示免費贈送。「罰我掃廁所。」莊聰明興奮地脫口而出。

一聽到廁所，老師激動起來：「上次罰你掃廁所，廁所的門被你表演超人踢壞，水龍頭也被你撞壞了，你還把一支掃把、二個水桶都弄到化糞池裏去，照這樣，你再去掃廁所，以後我們班只好用手掃地了。」

老師背著手，在講臺上踱來踱去。處罰莊聰明的確是傷腦筋的一件事，他不但天不怕，地不怕，而且破壞力極強。老師走過來，又走過去盯著桌上一大疊作業簿，忽然靈機一動。

「你就是平時懶得寫作業，才會連自己的名字都不會寫。現在罰你每天寫作業，加寫自己的名字，莊聰明，莊聰明，寫五十遍，懂不懂？」

看莊聰明臉上的表情就知道這個處罰正中要害。從沒有任何處分會像讀書、寫字帶給他那麼大的傷害力。光看他國語課本上面的偉人肖像什麼華盛頓、愛迪生、牛頓塗得黑黑的鬍鬚、眼鏡，和一圈一圈的狗熊眼眶，就知道我說的沒錯。

現在一到第七節，老師在黑板上寫完當天的生字就離開了。講臺底下一片安靜，只剩下沙沙的鉛筆聲。每個生字要寫一行。通常是丁心文最先寫好她的作業，規規矩矩把作業簿交到講臺上，拍拍裙子，走回座位，帶著她的鞋油盒子，歡歡喜喜跑去操場跳房子。然後是張美美、王麗芬……過了不久，男生開始交作業，操場傳來打棒球，躲避球，熱鬧滾滾的聲音。

漸漸教室只剩下莊聰明一個人。他不再是在球場上打全壘打，或者是打躲避球欺負女生那個威風八面的男生。莊聰明、莊聰明……他把作業簿寫得髒兮兮的，橡皮愈擦愈糟糕，一不小心，把紙張擦破，氣得撕掉再寫，結果作業簿愈寫愈薄……

有一次莊聰明忽然問：「你知道我爲什麼姓莊嗎？」

「因爲你爸爸姓莊呀。」

「可是我爸爸爲什麼要姓莊呢？」

「姓莊有什麼不好？」我反問他。

「那當然不好。」他睜亮眼睛，「你看，一、二、三、四、五、六、七、八、九、十，莊有十畫，還叫聰明，要寫好久，我眞羨慕丁心文的爸爸姓丁。」

竟然怪起自己的爸爸來了，我忽然覺得很好笑。「你還不錯，至少你爸爸沒有姓烏龜的龜。」

話沒說完，莊聰明的書包已經甩過來了，幸好被我閃過去。其實姓龜也沒什麼不好，我還認識一個人姓龔，二十二畫呢，眞夠悲慘。

我第一次看見那幾個字是在廁所的牆壁上。然後那幾個誹謗楊老師的字像長了脚一樣，偷偷爬到欄杆，課桌椅上面。幾天以後，我走進學校，不得了了，牆壁上，教室玻璃，公布欄，到處都用簽字筆歪七扭八地塗著那幾個大字。

這件事很快轟動了全校，校長還氣憤地在朝會表示：

「這位同學破壞老師的名譽也就算了，可是他不應該破壞學校的公物，校長一定要查出這位同學，給他適當的處分。」

我緊張兮兮地找到莊聰明，沒想到他一臉不在乎的表情，展示一支開叉的簽字筆給我看，還表演超人發威的動作，得意地問我：

「厲害吧？」

看他興奮的樣子，我差點沒昏倒，眞不知道該生氣或者替他哀悼。

第一節課，教室裏面的氣氛比往常凝重。楊老師一句話不說走進教室來。

「起立，敬禮，坐下。」

他轉過身，在黑板上大大寫下兩個字：

「誠實。」

然後開始告訴我們那個老掉牙華盛頓砍倒櫻桃樹的故事。他的態度似乎沒有想像中可怕。你看華盛頓勇敢地承認自己的錯誤，爸爸不但不罵他，反而稱讚他。可見我們要勇於認錯。

「嗯，」老師滿意地點頭，「剛剛我看見一個同學在打瞌睡，自己勇敢站起來認錯好不好？」

大家你看我，我看你，沒有人站起來認錯。

「咦？老師明明看到那個人。現在大家都閉上眼睛，老師再給那位同學一次機會，自己勇敢地站起來。」

我一閉上眼睛，聽見乒乒乓乓的桌椅挪動聲，偷偷一瞄，竟有五、六個人同時站起來。

「很好，」沒想到老師鎮定得很，「請坐下。我們做人最要緊的就是誠實，老師最喜歡這種誠實的小朋友，這樣懂不懂？」

「懂。」

「那老師再問你們，操場牆壁上那幾個字，『楊老師很壞』是誰寫的，自動舉手？」

我偷偷瞄了莊聰明一眼，他似乎一點勇於認錯的意思也沒有。

「老師再給這位同學一次機會。」

看來老師再給一百次機會也沒什麼用了。這時候老師忽然靈機一動。

「好，現在每個人拿出紙來，在上面寫楊老師很壞五個字，然後簽自己的姓名在右下角，老師要比對筆跡。寫好了每排最後一個人從後面把紙條收過來——」

我看到莊聰明那幾個字時，他還得意地對我擠眉弄眼，搔首弄姿，表示那幾個字是用左手寫的。

「楊老師狠壞。」斜斜歪歪的字體，的確和牆壁上那幾個字筆跡不同。可是你一定已經發現了，才五個字而已，竟有兩個錯字。錯得和牆壁上一模一樣。

我很想勸他去好好讀書、寫字，可是回頭看見他自鳴得意地向我比畫勝利的手勢時，忽然很期待這場即將開演的好戲。

我把紙條收集好，交給老師，一、二、三、四、五、六、七——

誠實

「莊聰明！」老師脹紅了臉大叫，頭上都冒白煙了。果然沒錯，七秒鐘不到，一場暴風雨就要開始了。

媽媽不在的時候

十二月十二日　星期三　天氣晴

今天放學回家，在餐桌上發現一張紙條。

爸爸和媽媽決定到墾丁公園再度一次蜜月，因爲明天是我們結婚二十週年紀念日。你們在家裏要乖、要聽姊姊的話，她會負責照顧你們。

爸爸和媽媽　留

我趕忙衝到每個房間去看，哎呀，爸爸和媽媽果然都不在家，只剩下姊姊一個人在廚房裏面炒哇炒地做晚飯，我躺在沙發上看卡通影片，沒有人逼我去洗澡，也沒有人逼我寫功課，眞是快樂。

後來姊姊的晚餐端出來，乾飯沒有煮熟，湯湯的，我們就將就著吃稀飯。還有她的蛋炒得黏黏的，我們笑著說那是蛋糕。最嚴重的是菠菜炒得黑黑的，我們也不介意，加封「火燒菠菜」。

媽媽從屛東打電話回來時，這個家庭全部壞掉了。碗盤全丟在水槽裏，沒有人去洗澡，沒有人寫功課，電視開得哇啦哇啦響，滿地都是妹妹的洋娃娃。可是我們仍然異口同聲編織美麗的謊言：

「洗澡洗好了，功課做好了，我們都很自動，等一下要上樓溫習數學。」

「嘰哩呱啦的是什麼聲音？」媽媽遲疑了一下，顯然她也聽見電視的聲音。

「隔壁王媽媽和王爸爸在吵架。」多虧妹妹想得出來。

「你們今天晚上晚餐好不好吃？」

妹妹和我同時擡頭看了姊姊一眼，默契十足地說：

「好吃——」

我相信今天晚上我一定會興奮得睡不着，套一句老師常說的話——小孩子掉到糖果堆裏去了。不用寫作業、不用洗澡，可以看一整晚的電視，明天早上還可以不用喝牛奶……

十二月十三日　星期四　天氣晴

今天早上起牀一看，哎呀，不得了，已經七點半了，妹妹還傻呼呼地躺在牀上睡。我想起這時候早自習已經結束，大家開始掃地了，便顧不得刷牙洗臉，草草抓起妹妹，開始穿衣服、背書包、戴帽子。妹妹的動作實在很慢，

報……告……哇……

??!
1+
2+

我氣得跳腳猛叫，哈利也在門外叫，沒有人餵牠吃早餐，我便把桌上最討厭的牛奶倒在牠的碗裏，一舉兩得。

等我們坐上公車，匆匆趕到學校，第一節數學已經開始了，我一喊報告，一走進教室，全班立刻笑得東倒西歪，連老師也又氣又笑，指著我的褲子。我低頭一看，才知道把睡褲穿到學校裏來了。我就這樣穿著睡褲，被老師罰在走廊站。當我垂頭喪氣地走出教室，正好看見隔壁隔壁班，妹妹也被罰站在走廊上。看到妹妹一臉倒楣相，我又開始覺得好玩了。我們兩個人站在走廊上彼此做鬼臉，做了一節課。

晚上回家看到一張紙條

親愛的妹妹：

姊姊和姊姊的男朋友決定今天晚上去看電影，慶祝我們認識一週年紀念日。桌上的錢拿去吃晚飯，妳在家裏要乖，要聽哥哥的話，他會照顧妳。

姊姊留

我靈機一動，為什麼我們不自己動手來煮泡麪呢？說完我立刻慫恿妹妹到樓下雜貨店去買泡麪，我負責燒開水。妹妹在鏡子前面練習「老闆，我要買兩包泡麪。」這句話，一直練習了半個小時，才戰戰兢兢地下樓去。

我們把水煮開了，麪條、調味包、油料包都加到鍋子裏去。嘩啦嘩啦攪了半天，妹妹舀起一匙湯，喝到嘴裏，皺著眉頭說：

「好鹹——」

我一喝果然太鹹，但這難不倒我這個天才，我到冰箱裏搬出糖罐子。「加點糖中和中和。」

結果我就煮出了史無前例的一道菜。並且還有兩種吃法。媽媽打電話來時，一切仍然如同往常一樣安好，晚餐吃的是乾麵加酸辣湯。當然妹妹不應該控訴姊姊不負責任的行爲，可是姊姊跑去和男朋友約會，把我們丟在家裏，這一點起碼的報應，也是她罪有應得……

姊姊很晚才回到家裏。我向她報告今天發生的一切，她沒說什麼，帶我出去買了一個鬧鐘。

十二月十四日　星期五　天氣多雲

雖然我們擁有了一個新鬧鐘，可是今天還是遲到了，被罰站在走廊上。我和妹妹都發現我們不能完全相信鬧鐘，因爲鬧鐘只會叫醒人們一根手指頭。

下午一放學，媽媽的電話立刻過來了，嘮叨這個，嘮叨那個，還規定姊姊要帶我們出去吃晚餐，並且每個人都要洗澡，她要打電話請隔壁王媽媽過來檢查。

等我們總算吃了一頓像樣的飯回到家裏，發現沒有人帶鑰匙，我們被自己鎖在門外了。

鎖匠幫我們把門打開，電視都已經開始播放夜間新聞了。看姊姊一臉豬肝色，妹妹和我很知趣地去洗澡，還很乖地把衣服放到洗衣機去洗。偏偏禍不單行，當我把洗好的衣服丟到脫水槽去，重心不一致，碰，碰，碰，脫水槽劇烈地轉動幾下，便壞了——

姊姊可火冒三丈，指著妹妹和我大罵：

「我看你們誰再去跟媽媽打小報告，我就要誰好看——」

妹妹和我一看不對勁，趕緊溜回寢室。直到我們把房間大門關起來，姊姊還在嘰嘰呱呱。妹妹嚇得問我：

「現在怎麼辦？」

「我們睡覺，睡著了，什麼都不知道，就沒我們的事了。」我可想出了好辦法。

妹妹表示同意，開始去換睡衣。我則拿起鬧鐘，旋轉發條，旋著旋著姊姊打開門走進來了。

「明天鬧鐘響的時候我不在了，你們可要醒過來，懂不懂？全部都要醒過來。」她一把搶走鬧鐘，把鬧鐘擺在門外，「每一根手指頭、腳趾頭、眼睛、鼻子、嘴巴、脖子，身體全部都要醒過來，然後起牀，穿拖鞋，走出來這裏，把鬧鐘按掉，知不知道？」

十二月十五日　星期六　天氣陰

結果一大早鬧鐘一直響，我和妹妹在牀上翻來覆去。

「討厭，好吵。」鬧鐘的聲音一次比一次還要大，妹妹用棉被蒙上了頭，過了一會迷迷糊糊地問，「它到底會叫到什麼時候？」

可是過了不久，電話鈴響起來。再一會兒，大門也噹噹地響著，等我睡眼惺忪跑出去打開大門，門外擠滿了王媽媽和其他的鄰居，王媽媽看到我立刻大叫：

「拜託，我們全部都被鬧鐘吵醒了，你還能睡……」

如同往常，今天又遲到了。我趕到學校時，正舉行升旗典禮。我偷偷摸摸溜進隊伍裏面去，被老師逮個正著。

「二年乙班。」台上導護老師念到我們班。

「就你代表去領獎吧。」老師告訴我。

我跑到臺上去，才知道因爲我遲到次數太多了，害得班上秩序比賽成績被扣分，領了一面黑旗子。我把黑旗子領回來，看見老師一臉鱷魚相，不高興地說：

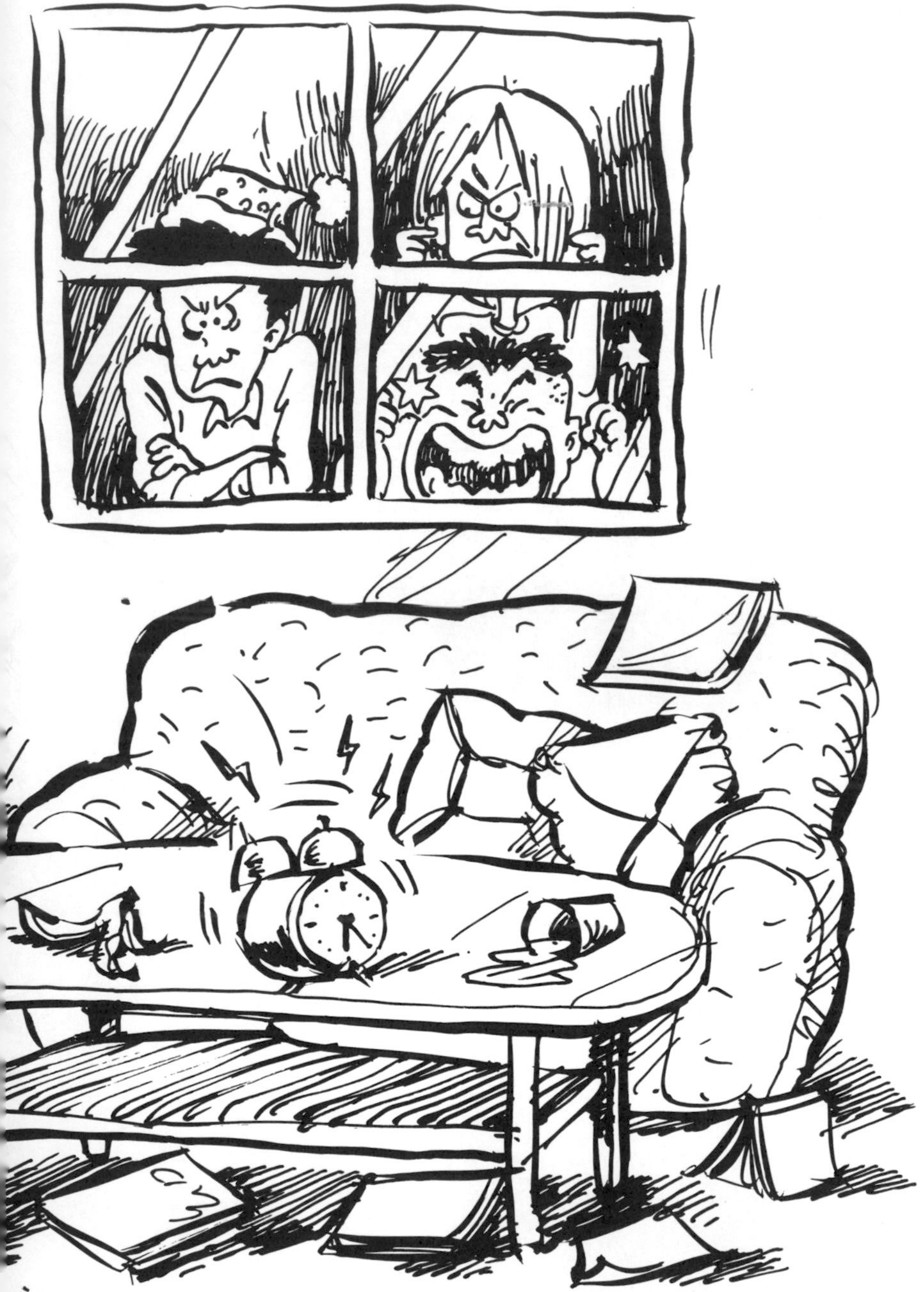

「回去叫媽媽打電話和我聯絡。要不然，老師主動去找你媽媽，你就慘了。」

現在我眞的開始有些擔心了，你想，媽媽回來一定先發現洗衣機壞掉，然後是一堆碗盤、衣服、亂七八糟的客廳，王媽媽一定會告訴她一些壞事，輪到我報告這件事時，我懷疑她還腦筋清醒……

我回到家裏看見姊姊的男朋友正在修理洗衣機，我想或許事情並不像我想像的那麼嚴重，一切都還有轉機……

姊姊的男朋友一邊敲敲打打，一邊吹牛：

「洗衣機對我們這些學機械的男生而言，只能算是玩具，它的構造實在很簡單，説穿了沒什麼……」

他一邊説一邊把電線接到插頭上，説時遲那時快，只聽到碰的一聲，一陣火花，冒起黑煙，把姊姊的男朋友薰得臉黑黑的，我發現電視沒有電，此外，所有的電燈也都不亮了。

十二月十六日　星期日　天氣晴

今天天還沒亮，我就把妹妹拉起牀了。幫她洗臉，整理書包，還規規矩地喝完自己的牛奶，我一看手錶，才六點半，眞好。

背著書包坐在公車上，我覺得無比舒暢。總算今天不會再遲到了。也許是心情的緣故，路上慢跑的人，喝豆漿的老先生，看起來都格外順眼，整個城市也顯得特別空曠。

我和妹妹到了學校，還沒有別人先到。我們就個別進入自己的教室，打開窗戶，讓空氣流通。還坐在自己的座位上，拿出國語課本來預習。我還聽見了窗外鳥叫的聲音，這一切都很美好，直到工友走過來，一臉莫名其妙地問：「今天是星期天，你在這裏做什麼？」

所謂福無雙至，禍不單行，我們一回到家裏，立刻有人在門外敲門，我從門縫裏看一看，哎呀，不得了，老師來了，旁邊還跟著另一個人，看一看，是妹妹的老師。

然後門一直敲，妹妹和我一直團團轉。

「怎麼辦？」她一直眼巴巴地看我。

「有了，我們暫時停止呼吸，假裝沒有人在家……」

然後我們都屏息以待，門一下一下的敲，心臟碰碰的聲音，都聽得一清二楚。

「怎麼會這樣呢？一個人都沒有？」

我們聽到老師的聲音，然後又敲了幾下門，猶豫了一會，轉個身，皮鞋的聲音一步一步地遠了。

妹妹輕輕把門打開，探頭出去望，過一會兒回過來，詭異地點頭微笑，空襲警報解除了——

「UP——」我們兩個人又叫又跳，這是這幾天唯一順利的一件事情，妹妹拿著沙發椅墊敲我的頭，我也興奮地拿起椅墊和她一陣亂敲……

「碰——」

我手上的沙發椅墊一下子不小心飛了出去，整個外皮劃破，裏面的羽毛紛紛飄落下來。

等羽毛落定以後我仔細算算燈上面的六個燈泡，一、二、三、四，嗯——沒錯，現在只剩下兩個是完整的了。

十二月十七日　星期一　天氣晴

親愛的媽媽，請妳們快些回來。今天廁所的抽水馬桶又開始不通了。我相信事情還會愈來愈壞。

我和妹妹在姊姊的淫威壓迫之下，飢寒交迫，貧病交加，已經三天沒洗澡了。除了電話所說的甜言蜜語之外，所有的事情都愈來愈不可收拾。

親愛的媽媽，請妳們快回來。因爲我要開始喊叫了，救命——

我們的班會

現在風紀股長、事務股長、康樂股長都報告完畢。輪到主席致詞。我正站在臺上，哇啦哇啦只好開始胡說。

「今天。很榮幸。擔任。本週班會。的主席。希望……」

我知道的主席、總統或是什麼長，都是這樣說話。事實上，我一點也不榮幸。因爲上個禮拜班會我學電視新聞的議員一樣用力敲桌子，結果老師指派我擔任這個禮拜的主席。和罰莊聰明掃廁所的意思一樣的。你看，每週主席都是投票公認，只有我是被指派的，多丟臉。

主席還有一個任務，就是要維持會場秩序，還要鼓勵同學踴躍發言。如果沒有人發言，場面冷冷清清，那麼主席就得表演唱歌，或者一直不停地說笑話。

本來我還滿喜歡唱歌，或者說笑話。可是站在這裏，全班七、八十隻眼睛瞪著你看，好像才從水裏撈起來的小狗似的。這麼狼狽的小狗還要唱歌、搖尾巴，那就很悲慘了。

「拜託大家有什麼意見提出來討論。」臺下有人在削鉛筆，玩橡皮擦，還有人托著腮，眼睛像死魚似的。沈默好像大海的水一樣，快要把我淹死了。

「好吧，如果大家都沒有什麼意見，我唱一首歌好了……」我已經開始絕望了。

正當我準備唱蘇武牧羊時，臺下一片騷動。我看見丁心文舉起她細細的手，彷彿看到了汪洋中的一條船。

「我寧可提議，我們不要聽主席唱歌。」她吐舌頭做惡心的表情。這麼不好笑的話竟惹得全班哄堂大笑。「我提議買一個茶壺，夏天到了，這樣我們喝水就很方便。」

「關於買茶壺，有沒有人附議？」

我聽到稀稀落落的附議聲音。可是事務股長有意見。

「買茶壺簡單。可是誰去提水呢？是不是值日生每天要去提水？」

「值日生工作太繁重了，」我看到莊聰明露出邪惡又調皮的笑容。「請事務股長爲我們服務好不好？ 國父說人生以服務爲目的，對不對!?」

「不行哪。我的工作也很繁重……」事務股長一臉驚慌，可是他的聲音被全班鼓譟的聲音淹沒了。

這是一個民主的時代。因此凡事我們都要訴諸民意。贊成請事務股長服務的舉手。哇，全班都舉手。簡直是十萬青年十萬軍。

「反對的人請舉手。」

雖然我看到兩隻手，可是只有一票，因爲兩隻都是事務股長自己的手。

「不公平啦，我抗議——」事務股長氣得脫下皮鞋，用力在桌上敲。

「請不要破壞會場秩序，要不然下個禮拜會被罰擔任主席。」我暗示他，也算是警告他。因爲上個禮拜老師也這樣對我說。現在你總算知道我爲什麼會變成主席了吧。

「我提議買一個茶几，免得把教室地面弄得濕濕的。」儘管事務股長仍敲著他的皮鞋，會場亂哄哄，可是我們仍處變不驚地繼續討論細節。

「我反對買茶几，我覺得太浪費了。我們只要把茶壺放到水溝旁邊去就可以了。」張美美表示。

「如果放到水溝旁邊，會不會有點那個。」我遲疑了一下，「這樣我們先表決一下好了。」

「等一下，主席，」又有人舉手了，「我覺得你應該先表決要不要買茶壺才對。」

「不對，不對，應該是先提案後表決。」

莊聰明可高興了，一副唯恐天下不亂的表情跳起來說：「我提議我們先表決一下，到底要先表決買茶壺，或者先表決買茶几。等順序表決出來了，我們再分別表決要不要買。」

天哪，意見似乎是愈來愈多了。我被搞得丈二金剛，摸不著腦袋。莊聰明的提案乍聽之下似乎很有道理。於是我就依照他的方式來表決。荒謬的是，我們表決的結果是要買一個茶几，然後不買茶壺。如果我們不買茶壺，那麼買一個茶几到底幹什麼呢？

於是我們表決的結果又導致更複雜的討論。更多的表決。等到差不多折騰掉了半條命，這件事總算有個眉目，似乎大家都很勉強同意，我們要買一

抗議!

個茶壺。然後把茶壺放在水溝旁邊。

「我提議我們買幾個公用茶杯。我家賣一種漂亮的巧巧杯，有三種顏色。杯子還可以伸縮，很漂亮……」

「我覺得鋼杯比較實用，又耐摔，比較容易清洗……」

「我覺得公用茶杯太髒了。不如買隨手丟的塑膠杯。」

一波未平一波又起。我正打算鬆一口氣，可是問題立刻接踵而至。我還聽到了小瓷杯、紙杯、玻璃杯，還有人說要買茶葉來泡，一切都超出我的控制，我很想拍桌子大叫，通通不要吵！可是我又害怕一拍桌子，下週還要連任主席。

「我有一個意見，」這時候丁心文站起來說話，「公用的杯子實在太髒了。可是每個人都要買一個杯子，不但太貴，而且意見一定不一致。我們何不自己帶自己的杯子來？這樣不但省事、方便，並且還省錢。」

包括歐斯底里敲著桌子的事務股長，這時都沈默下來。騷動的聲音安靜了些。似乎這個提議深獲人心。身爲主席，我立刻使出撒手鐧——表決。在一片舉手的聲浪中，我看見事務股長埋著頭，不曉得在紙上嘩啦啦計算著什麼？果然表決通過後，他立刻舉手發言。眼中還閃爍著光芒。

「我想到一個方法可以使我不用每天提水，那就是我們不要買茶壺。」他無視於一片噓聲，手舞足蹈地繼續表示，「既然大家都帶茶杯，走到走廊盡頭就有飲水機，何必再買茶壺？何況買茶壺班費也不夠，我估計一下，每個人要再交三十元。」

噓聲在三十元這句話之後停了下來。然後下課鈴響了。沈默得可怕。我知道大家在想什麼。

幾乎是鈴停下來的同時，大家那股買茶壺的衝動都清醒過來，過去的五十分鐘像作了一場夢。我聽見不同的角落發出來相同的聲音。

「我們不要買茶壺。」

然後我們以最快的速度，理智地推翻了買茶壺的決定。操場早已經轟轟隆隆都是歡樂的聲音。可是會還沒有開完。我們要選舉下週主席。然後是主席結論。

「主席不用選了，」這時老師說話了，「下週由事務股長擔任。以後開會，不准在會議上吵鬧，或者是拍桌子、敲打桌面……」

我在上課鈴聲中結束我的結論。

「今天。很高興，討論十分熱烈。我們做了許多表決。我們。總算決定。什麼東西都不買……」

不騙人，我眞的很高興。一切都如同往常。雖然我開會的經驗不多，可是我學到的定律是，除了選出下次的主席外，通常開會不會達成任何結論……

問題妹妹

我的妹妹小不點一個，可是她卻有全世界所有窮極無聊的問題。別看她乖乖地坐在那裏，眼睛骨碌骨碌地轉，一旦被她纏上，保證沒完沒了。

「你說我們吃飽爲什麼要洗碗？」通常她的問題都不太像問題，可是千萬別上當，掉進陷阱裏去。

「當然要洗碗，這樣碗筷才會乾淨啊。」

「可是我們吃第一碗飯，再盛第二碗時並不需要洗碗。」

「那當然不用洗。」

「如果我們午餐只吃兩碗，那麼晚餐盛第三碗時，爲什麼要洗呢？」

「這，這……是因爲，嗯。」好了，現在問題愈來愈不可收拾，「嗯，因爲第二碗和第三碗之間隔太久了，時間那麼久，就會長細菌出來，吃了細菌以後會肚子痛，這樣，哎喲，哎喲……」

一聽到細菌，她的眼睛立刻閃爍出一種捕獲獵物的光輝，「爲什麼時間那麼久，就會長出細菌呢？」

「因爲，細菌會繁……繁殖。」天哪，一不小心又說了一個專有名詞出來。

如果你的衣服被牛皮糖黏住了，了不起還可以丟掉。可是一旦被妹妹黏住，那你絕對灰頭土臉。她的問題包羅萬象，不但有益智常識、天文地理、人生哲理，更麻煩的是，她還會把家庭作業拿來與你一題一題討論。萬一你不能予取予求，保證她那高八度的哭聲與眼淚立刻尾隨而至……

「什麼叫繁殖呀？」果然沒錯，黏上來了。

「繁殖就是生孩子，像媽媽生妳，就是繁殖。」

「那我會不會繁殖？」媽呀，這是什麼問題。我猶豫了一下，事情絕不能這樣再進行下去……

「哥，你說我會不會繁殖？」

「會。」我悶一肚子氣，真想大罵一聲囉唆鬼——

「那我要怎麼繁殖？」

可是我一想起她的眼淚和哭聲，一股氣又吞下去，「等妳長大以後。」

「你是說我長大以後會自動繁殖，和細菌一樣？」

這時我再也忍耐不住，正要破口大罵，忽然心生一計，立刻摀住胸口，準備裝死。除了死掉，我別無選擇。

「哥，你怎麼了？」顯然我的妙計生效了。

「不要打擾我，我快要死掉了……」

「哥，你先告訴我，我長大以後會不會自動繁殖。」

「啊——再見，」我裝出吊眼翻舌狀，趴倒在牀上，「我死掉了。」

妹妹在我身上搖晃半天，有點楞住了。這邊摸摸，那邊弄弄，似乎很能體諒我的死掉。竟然沒有哭，也沒有吵鬧，很莊嚴地離開房間。這是我第一次體會到死掉那麼美妙的事，正在慶幸的時候，她忽然又走回來了，開口就問：

「哥，你到底要死多久？」

天哪，我睜開一隻眼睛，調皮地看著她，「拜託，讓我死一個小時，可不可以？」

「可是我不會看時鐘。」

「沒關係，到時候我就會告訴你。」

「那我要不要哭？」

「不用，不用，妳只要安安靜靜就可以了。」說完我又自顧裝死，希望她趕快走開。

她似乎很尊重我的死掉，自顧離開房間到客廳去彈鋼琴，彈了一首悲傷的練習曲。

「哥，你還要死多久？」她又咚咚咚跑過來問。

「四十分鐘。」

彈了一首「天天天藍」以後又跑來問：「還要死多久？」

「三十分鐘。」

當她跑來問第五次時，不過過了十五分鐘，可是我已經受不了，只好活過來。「拜託，我怕妳，好不好？隨便你想做什麼都可以，只要妳不再問問題。」

「那我要吃冰淇淋。」她顯然對自己贏得的勝利十分驕傲。

「好，」我們打勾勾，「不能再問問題。」

我們坐公車到西門町去買冰淇淋，一路上妹妹都表現良好，不再發問任何問題。我感到非常得意，特別還買了一個特大號的巧克力加香草大甜筒送給她。

她一口一口舔著冰淇淋，露出滿足的神情。我敢打賭，除了看牙醫之外，我們家的小麻煩從來沒有這麼安靜的時刻。

我們搭上自強公車準備回家時，小麻煩的問題又來了；「爲什麼自強公車比較貴呢？」

「因爲自強公車是冷氣車啊。」

「可是現在並沒有開冷氣，爲什麼叫冷氣車呢？」

「欸，欸，說好，不能再問問題。」

「喔。」她有點失望，低著頭一口一口舔她的冰淇淋。

等妹妹把冰淇淋吃光，她又開始興致勃勃地東張西望了。從她那骨碌骨碌的眼神，我知道她一定又有一肚子無聊問題要問了。看她一副巴答巴答的可憐模樣，我反倒有點同情她。

「好了，這次是什麼問題？」其實問問題也不是什麼壞事，我告訴自己。

「我想去找祖母。」

「祖母？」我大吃一驚。

「她已經死了那麼久，我想我們應該去把她叫起來了。」妹妹一臉正經地問，「好不好？哥。」

天哪——我相信我又給自己找了一個超級大問題和超級大麻煩。

——本書全文原載中華日報中華兒童版

後記

事實上我小時候並不喜歡兒童讀物。因爲我始終是一個頑皮的小孩子，而我一直相信那些公主、王子的故事，要不是把小孩教乖，就把小孩變笨。我長大以後，被吳涵碧姊姊抓來寫兒童故事，最大的希望就是替不乖不笨的小朋友寫一些故事，或者替那些和我一樣變得愈來愈乖，愈來愈笨的大朋友找到一些新的樂趣。

我總覺得，再偉大的偉人，嚴肅的什麼長、什麼官、什麼師、什麼家，總有一個頑皮的孩子躲在他們的心裏，時不時要閃出來搗搗蛋或者無傷大雅地惡作劇一番。大部分的時候，生活很累或者對事情感到失望，那個孩子就不見了。紛紛擾擾的許多事，讓我們也把他忘記了，懶得去找他。

這一系列故事在中華兒童刊載時，稿件一斷了，不管人在澎湖、新營、羅東或者是臺北，吳姊姊總不遠千里打電話來「通緝」。我雖然眞的很忙，拗不過她的熱情，只得拾起稿紙，硬著頭皮寫。一格一格寫著，我像在心中掀開一扇一扇的門，和那個走丟的小孩玩著捉迷藏的遊戲。有時寫著，竟覺得味道對了，我彷彿可以聽見那個孩子遙遠的笑聲，愈寫愈有勁，然後是那個孩子的影子，漸漸是清晰的那個孩子……找到那個孩子的感覺眞好。

有讀者寫信來告訴我他們的笑聲和喜愛，讓我覺得感動。不瞞你說，許多故事是我邊笑邊寫完的。其中那些有趣、溫馨的情節和氣氛以及想望，都來自我的父母親以及千千萬萬在我周遭可愛的人。有時候難免覺得活得辛苦，甚至鑽牛角尖。可是想想，平白承受了這麼多美好，就覺得自己應當是幸福而快樂的。

這本書，還要感謝吳涵碧與琹涵姊姊。在我覺得稿子寫得很爛，實在喳呼不下去時，她們給我好多、好大的鼓勵。我敢說（不管是好是壞），沒有她們，就沒有這本書。

《頑皮故事集》延伸閱讀

翻天覆地我在行

王妍蓁

給讀者的話：

小朋友你曾經有過這種經驗嗎？媽媽說：「你再頑皮，就罰你不可以吃點心！」或是老師因為你在學校的表現過於頑皮闖了禍，請家長到學校來；而爸媽只能陪著笑臉說：「他太頑皮太好動了，我們也很傷腦筋啊！」至於這個始作俑者「頑皮」是什麼呢，為什麼讓大人如此嚴肅以對呢？你一定認為我們只是透過另類方式表達自己罷了啊！真想不透大人們為什麼事事要認真！

你知道嗎，根據醫學報導，人的大腦分為左、右腦，而以日本USAUSA~UNO SANO URANA性格測驗所示，左腦主司語言、理性、計算、分析，右腦主感性、直覺、想像、創造。右腦型的孩子據統計較無法遵守既定規矩，或專注在一件事情上，卻喜歡嘗試用不同的方式處理同一件事，甚至常憑著一時的衝動、感覺而橫衝直撞，所以在師長父母眼中往往是個異想天開，惹事生非的麻煩製造者。但令人匪夷所思，如果將他們擺在最適合的學習環境，順應腦子的學習法則，右腦型的孩子卻可以扭轉乾坤，成為創意十足的點子王。

侯文詠叔叔在《頑皮故事集》中，以十二個活潑、生動的故事，道盡了你們的心聲，故事中的人物，你一定似曾相識，好像身邊的同學，又好像是你自己，你可能會撫掌大笑：「侯叔叔，你是我的伯樂（知音）啊！」說到知音，小朋友你可能不知道《愛麗絲夢遊奇境》的作者路易斯・卡洛爾（Lewis Carroll, 1832-1898）更是會讓你心有戚戚焉欣賞著，他覺得孩子就是要「滿心喜歡故事、滿眼閃著驚奇、滿嘴胡言亂語」，活脫脫是你們的代言人，沒錯吧！

「頑皮」就是小朋友定義的兒童觀之一，法國有位哲學家盧梭（1762）在他的著作《愛彌兒》（Emile）中，認為你們是「高貴的野蠻人」（noble savages），會依照自己的方式成長；所以在兒童階段，你們得天獨厚，盡情釋放有如小大人般自我肯定的使命、如花草樹木純美自然本性的初綻、如皚皚白雪般的童心白板這樣的兒童觀。而這些兒童觀在曾經閱讀過的書籍，如莫里斯・桑達克（Maurice Sendak）《野獸國》（Where the Wild Things Are，漢聲出版）、David Shonnon《No, David》（一九九八年Scholastic出版）等書中，得到映證。

活潑不代表頑皮，頑皮不代表欺負別人，真正的頑皮是兒童純真特質的發揮。兒童就像萌芽的種子，需要教育者愛與關懷及正確價值觀的澆灌，支持而給予助力，並且在時空彈性中靜待茁長。在愛與自由中，兒童的特質得到充分釋放，展現黑暗中摸索自我的成長，方得以新生的勇氣，面對現實人生。

名詞解釋

(1) 兒童觀：法國歷史學家菲立普・埃里耶斯（Philippe Aries, 1914-1984）在著作《Centuries of Childhood》所提出：「兒童觀是成人如何看待和對待兒童的觀點，它涉及到兒童的能力與特點、地位與權利、兒童期的意義、兒童生展的形式和成因、教育同兒童發展之間的關係。」例如小孩與大人外型上差異，叫做「預先成形論」（preformationism），小孩只要及長到能夠開始付出的年紀（菲立普・埃里耶斯認為是七歲），就應在體力智力能負荷的範圍內，為自己的權利盡一點義務。

(2) 莫里斯・桑達克（Maurice Sendak）著，《野獸國》（Where The Wild Things Are）繪本書內容敘述頑皮小男孩阿奇穿上了野狼外套，在家裡撒野，惹火了媽媽，被罰進房間反省。氣呼呼的阿奇乘上小船，漂流到了野獸國，還成了野獸國王，帶領野獸們為所欲為胡鬧，但等待他心平氣和後竟想念起媽媽，於是毅然決然離開野獸國返回家中，歡迎他的是擺在桌上熱呼呼的晚餐。

(3)David Shonnon著，《No, David!》繪本書敘述David這個頑皮小幼兒，就像一般的頑童，打翻魚缸、爬高爬低、玩食物、欺負貓咪、忘記帶作業、拍照扮鬼臉、做錯事永遠不承認，……儘管David在白天頑皮耍賴，讓大人幾近要腦神經衰弱，但他仍然是媽媽心中的寶貝。

閱讀思考

一、故事掃描

what　when　who

1.〈第三類接觸〉故事中，誰的下棋技藝高超，卻不得不敬老尊賢，在第七盤棋局敗北？

2.〈看牙醫〉故事中，勇敢的哥哥什麼時候淪陷，失去哥哥的尊嚴？

3.〈超人特攻隊〉故事中，超人們特攻的目標是什麼？

where

why

how

4.〈**公車歷險記**〉故事中，公車內什麼地方出了問題？

5.〈**我們的班會**〉故事中，為什麼會無好會，花了時間開會卻無法達成任何結論？

6.〈**塗牆記**〉故事中，莊聰明自以為神鬼莫測，在廁所牆壁、欄杆、課桌椅等地方寫上「楊老師很壞」字眼，卻不料道高一尺、魔高一丈，楊老師如何成了破案的「福爾摩斯」？

二、面對作者

1. 在「頑皮家族」跳躍著頑皮細胞的個性下，作者亦詼亦諧寫出頑皮孩童成長的生活經驗，像莊聰明的膽量有餘，學識不足，白字連篇；你揀起老師的破鞋窩囊事，卻被視為英雄等，你覺得作者對國家未來主人翁的期許與弦外之音是什麼？

2. 約翰‧康納利（John Connlooy）在所寫的《失物之書》（The book of lost things）獻辭頁提到：「每個大人心裡都住著一個孩子，而每個小孩心裡，都有個未來的成人靜靜等候」，兒童是小大人，大人也不失赤子之心。常聽到人說「老小」，你認為老人與小孩共同的特質是什麼？

三、人書互動

1. 你有到親戚家作客的經驗嗎？曾有過讓媽媽「生氣的臉，脹得比西瓜還要紅」的經驗嗎？是怎麼回事呢？

2. 你有集郵或蒐集物品的習慣嗎？你是怎樣辦到的？蒐集過程中有什麼樂趣呢？

3. 小動物很可愛，你有養小動物的經驗嗎？要注意些什麼呢？

4. 上學時，你是搭乘什麼交通工具呢？曾有過「日行一善」的經驗嗎？

四、真愛行動

1. 三明治食物形狀書

做一本有關食物形狀小書，內頁故事為「野獸與食物」，主角為怪獸，可參考「傑克與豌豆」、或湯尼・羅斯（Tony Ross）著的繪本書《我要來抓你啦！》——內容是外太空的怪獸，乘著飛碟來到地球想吃掉最怕怪獸的小孩阿湯。三明治造型書，小朋友可以想像早餐所吃的三明治，除了白麵包（內頁書寫故事，材質為紹皮紙，四頁）外，還要夾上綠色蔬菜（皺紋紙）、紅色火腿（紅色泡棉板）、雞蛋黃（黃色泡棉板），以雙面膠黏貼。版權頁寫上作者、製造日期，還有「版權所有，翻印必究」，出版社：××野獸出版社。

2. 當一天野獸王國國王

每個孩童都希望能如愛麗絲夢遊奇境，有機會進入二度空間，再回返第一空間，融合現實與幻想，穿梭遊刃，接觸不同視野；或如阿奇在野獸國撒野後，還可以返家享受母愛的溫馨。小朋友請你想像如果有這麼一天，你可以與野獸玩耍嬉戲，甚至領導他們盡使本性，請你將這一幕歡樂畫下來！（可以以色鉛筆、粉蠟筆或任何繪畫材料為之）

九歌兒童書房 38

頑皮故事集

著者　侯文詠
繪圖　竇仁安
發行人　蔡文甫
出版發行　九歌出版社有限公司
台北市105八德路3段12巷57弄40號
電話／02-25776564・傳真／02-25789205
郵政劃撥／0112295-1
九歌文學網　www.chiuko.com.tw
印刷　晨捷印製股份有限公司
法律顧問　龍躍天律師・蕭雄淋律師・董安丹律師
初版　1990年2月10日
增訂新版　2010年3月10日
新版12印　2021年8月
定價　**200元**

書號　0170038
ISBN　978-957-444-674-2
（缺頁、破損或裝訂錯誤，請寄回本公司更換）

國家圖書館出版品預行編目資料

頑皮故事集／侯文詠著；賨仁安圖. --增訂
新版. --臺北市：九歌, 民99.03
面； 公分. --（九歌兒童書房；38）

ISBN 978-957-444-674-2（平裝）

859.6 99002038